上田ながの
挿絵：天音るり
〜王子様なお姫様、お姫様な王子様〜
百合《yuri》Act

登場人物紹介

Characters

八雲《やくも》 渚《なぎさ》

王子様のような美貌と振る舞いで、学園中から黄色い声を集める美少女。

草薙《くさなぎ》風花《ふうか》

お淑やかでお姫様のようだと誰もが思う転校生。渚の幼馴染みでもある。

序章　昔話

――風花《ふうか》ちゃんは私にとって本当にヒーローだった。


「やだ、返して！　返してよぉ！」

いつも遊んでいる児童公園にて、八雲渚《やくもなぎさ》は半泣きになっていた。

「ダメだ。ここは俺達が使うんだ。お前は邪魔！　だから、これも没収だ！」

やって来た二人組の男子に、お気に入りのお姫様猫のみゃーちゃん人形を取られてしまったからだ。男子二人の体格はかなりいい。それに対し、渚はちっちゃい上にちんちくりんだ。身体付きではとてもではないが敵いそうにない。それに相手は二人組だ。奪い返すなんてことは無理だろう。やれるのは、返してと言葉で伝えることだけだ。

ただ、そうしたところで返してなどもらえない。

子供心に絶望感を覚え、眦《まなじり》からはポロポロと涙が溢《あふ》れ出した。

「やめなさいっ！」

凛とした声が公園内に響き渡ったのはそんな時のことである。

「……あ、風花ちゃん」

そこに立っていたのは幼馴染みの草薙《くさなぎ》風花だった。

背中まで届く渚の長い黒髪とは違い、肩の辺りで切り揃えている短い髪に切れ長の目。自分と同い年の子供で女子とは思えない程に、キリッとした顔立ちだ。

「ん？　何だお前？」

男子達は突然の風花の出現に、少し怯《ひる》んだような様子を見せる。それだけ男子達に向けられる風花の目は鋭いものだった。だが、風花も女子だということに気付いたのか、男子達はすぐに余裕の表情に変わった。

「うるせぇなぁ！　今から俺達がここで遊ぶんだよ。ここにいられたら邪魔なの！　とっとと家に帰れよなぁ」

ゲラゲラと男子達は笑う。

「……だったら人形を返しなさいよ」

「それはダメだ。俺達の場所で遊んでいた罰！　これは返さない」

本当に意地が悪いヤツらだ。

返さない——その言葉に胸が強く痛む。このままじゃ本当にお気に入りの人形が取られちゃう。考えるだけで、更に涙がこぼれてしまう。

だが、その涙はすぐに止まることになった。

「大丈夫だよ渚」

風花が微笑みかけてくれたからだ。

優しく、それでいて自信に充ち満ちた笑み。その顔は、見ているだけで本当に大丈夫だと安心できるものだった。

「私がすぐに取り戻してあげるからね」

「取り戻す？　どうやって？　女子に何ができるんだよ」

風花の言葉を男子達は笑う。自分達は二人で、風花は一人だ。それに、体格にもかなり差がある。何をされようが余裕だと思っているのだろう。

が、風花はまるで気圧《けお》される様子などなく、男子達に対してフフッと笑って見せた。

「どうって……こうするんだよっ！」

言うと同時に走り出した。一気に風花は男子達との距離を詰める。

「なっ⁉　ええっ‼」

まさか突っ込んで来るなんて思ってもみなかったのだろう。男子達は驚きの表情を浮かべる。完全に不意打ちのような形であり、彼らの動き出しも遅れた。

「はぁあああ！」

風花はその隙を見逃すことなく拳を握り締めたかと思うと「やぁああっ！」と容赦なく人形を持つ男子の鳩尾《みぞおち》に正拳突きを決めた。

「うおおお！」

男子の瞳が見開かれる。持っていた人形を落とした。そのまま地面に両膝を突く。苦しげにお腹を押さえて「ううう」と呻《うめ》き声を漏らした。

「ほら、取り戻せた」

ゆっくりと風花は人形を拾うと、落ちた時についてしまった土埃をパンパンと払った。その上で、もう一人の男子へと視線を向ける。

「で、あんたはどうするの？」

ジロッと向けられる視線。

「え？　あ……その……く、くそっ！　覚えてろよ！」

それを受けた男子は悔しそうな表情を浮かべつつ、先程やられてしまった仲間の手を取ると、そのまま逃げるように二人でこの場を立ち去っていった。

「覚えてろなんてホントに言う奴いるんだ」

そんな彼らの後ろ姿を見ながら、ケラケラと風花は笑った。

その上で「ほら、取り戻せた」と笑みを浮かべながら渚へと人形を差し出してきた。

「……ありがとう風花ちゃん」

大切な人形が返ってきた。それをギュッと抱き締める。今度は嬉しい涙がこぼれた。でも、喜んでばかりもいられない。

「それでその……風花ちゃんは大丈夫なの？」

風花に何かあったら人形を取られたことよりも悲しいことになってしまう。

「大丈夫だよ」

心配する渚に対し風花はニッコリと笑みを浮かべると、握り拳を作って見せて来た。

「渚だって知ってるでしょ。私は空手を習ってるんだから！　あんな卑怯な連中に絶対に負けたりなんかしない！」

自信満々の顔。とてもカッコイイ顔。何だか絵本に出てくる王子様みたいな顔だった。

その顔を見ていると、何だか胸がドキドキしてくる。

ドクッドクッドクッ——心臓の鼓動と、顔が熱くなってくるような感覚。そうしたものを感じつつ「よかった。本当によかった」と心の底から渚は笑ってみせるのだった。

その笑みに風花が瞳を見開く。何かに見入るような表情だ。

「どうした？」

「え？　あ……別になんでもないよ」

首を傾《かし》げて尋ねると、すぐに風花は普段通りの表情に変わった。

「それより、今日は何して遊ぼっか？」

「え、あ……そうだなぁ」

何をして遊ぶ？　風花と——考えるだけでワクワクしてくる。

本当に大好き。一番の友達。そして、ヒーロー。それが渚にとっての風花だった。

風花とは本当にいろんなことをして遊んだ。砂場遊びに人形遊び。それに町内の探検まで。それこそ毎日のように。

そして、それを見たのもやはり風花と一緒に遊んでいる時のことだった。

「こうやって二人で会うの……本当に久しぶりですね」

「だな」

遊び疲れて公園内に置かれた滑り台の中で、風花と休憩している最中、そんな声が聞こえてきた。何となく二人揃ってそちらへと視線を向ける。声の主は二人の大人の女性だった。

「学校の近くにこんないい感じの公園あったんですね。全然知らなかったです」

ワンピースを身に着けた、明るい色の髪をサイドテールに結った女性が微笑む。

「あたしもだよ。なんていうか、落ち着く感じでいいよな」

長い髪を後頭部でまとめたスーツ姿の女性は、その言葉に頷いた。そのまま二人で公園内の桜の木を見つめる。ちょうど満開だ。

「桜って……本当に綺麗でいいですよね」

サイドテールの女性が呟いた。

「だな……。まぁでも、あたしは桜より伊織《いおり》の方がずっと綺麗だと思うけどな」

真顔でスーツの女性がそんな言葉を口にする。その言葉にサイドテール——伊織と呼ばれた女性は顔を真っ赤に染めると「そういうこと真顔でいう……。でも、まぁ同感です」なんていって頷いた。

「お！　海外留学の成果か？　伊織も自分の綺麗さを自覚したか」

「そうじゃないですよ。私も同じこと考えてたってことです。茉莉子《まりこ》さんの方が桜よりずっと綺麗ですよ」

クスッと悪戯《いたずら》っ子みたいな表情を伊織は浮かべた。それと共にスーツの女性——茉莉子に顔を近づけたかと思うと、躊躇することなくキスをした。

「——え？」

それを見て思わず渚は瞳を見開いた。

（あれ……キス？）

キスっていうのは恋人同士がするものなんじゃないのだろうか？　でも、あの二人は女の人同士で……。

何となく視線を自分の隣にいる風花へと向ける。

すると風花も二人のキスに見入っていた。呆然《ぼうぜん》としたような表情を浮かべている。

そんな渚達にはまったく気付くことなく、二人はそっと重ねていた唇を離した。

「……バカ。こんなところで……誰かに見られたら」

「大丈夫ですよ。誰もいないじゃないですか。それに……見られたって構いません。私と茉莉子さんは恋人同士なんですから」

「それは……」

伊織の言葉に茉莉子は小さく呟くと「確かにそうだな」そう言って笑うのだった。

そのままもう一度二人はキスをする。唇と唇を重ねる二人の顔は、とても幸せそうで、とても心地良さそうなものだった。

そのまま二人はどちらからともなく唇を離すと、腕を組み、公園を立ち去っていった。

渚と風花がこの場に残される。

何となく二人で顔を見合わせた。

「あれ……ちゅーしてたよね」

しばらくして最初に口を開いたのは風花だった。幼馴染みの言葉に「だね」と渚も頷く。でも、それだけだ。それ以上の言葉が思い浮かんでこない。それは風花も同じだったのか、二人共黙り込むこととなってしまった。少し気まずい沈黙が広がる。

「あ、あのさ……」

そうした静けさを破ったのは、またしても風花だった。

「その……私達もしてみない？」

なんてことを口にしてくる。

「──え？」

一瞬言葉の意味が理解できずに聞き返してしまう。

「ダメ……かな？」

風花が上目遣いで、改めて尋ねてきた。見慣れた幼馴染みの顔、でも、少し頬が紅潮しているせいか、何だか普段より艶《つや》っぽいものに見えた。その為なのか、ドキッと胸が高鳴ってしまう。

「なんか、さっきのちゅー、凄く気持ちよさそうだったじゃん？　ちゅーって気持ちいいのかなって……なんか気になっちゃって。渚もそう思わなかった？」

「それは……その……」

一度言葉に詰まる。でも、それは一瞬だった。すぐに「思った」と頷いた。

「でしょ？　だからさ……してみよう」

ジッと風花がこちらを見つめて来る。その視線に押されるように、少し迷いはしたけれど「うん」と渚は頷いた。

「よし、それじゃあ……」

風花が近づいて来る。鼻息が届くほどの距離に……。

間近で見る幼馴染みの顔。まだまだ自分と同じで子供だ。でも、凛としていて、凄く綺麗に見える。至近に感じていると、それだけで心臓が高鳴っていくのを感じた。自然と渚は瞳を閉じる。

すると次の瞬間、ちゅっと唇が重ねられた。

「んんっ」

途端に伝わってくる。温かく柔らかな風花の唇の感触が……。

（あ……なにこれ……気持ち……いい）

それは心地良さを伴った感覚だった。

唇と唇を重ねているだけでしかない。だというのに、まるで全身が風花と繋がり合っているかのような感覚まで抱く。自分と風花が一つに混ざり合っていく――何だかとても心地がよくて、幸せな感覚だった。

何だかもっと繋がりたいという想いまで膨れ上がってくる。そうした感覚に押されるように、ほとんど無意識の内に渚は風花の身体を抱き締めた。すると風花も渚を抱き返してくる。互いの身体を強く抱き締め合った。

（もっと……これ……もっと）

強く感じたい。もっと強く風花を――想いが後から後からわき上がってくる。より強く唇を押しつけようとした。

しかし、そこで止まる。幸せで心地いい。けれど同時に怖さのようなものも感じてしまったからだ。これ以上この感情に流されると、これまでと同じ関係ではいられなくなるという気がする。

それは風花も同じなのかも知れない。どちらからともなく唇を離す。

「えっと……その……」

「あの……なんていうか……」

二人で顔を見合わせた。どんな言葉をかければいいのか分からない。何だか恥ずかしい。

二人して言葉に詰まる。

でも、それは本当に僅《わず》かな時間だった。

「なんていうか……結構気持ちよかったね」

風花がそう言って笑う。いつもと同じように……。

「……うん。そうだね」

そうした幼馴染みの態度に安心感を抱き、渚も笑った。これなら大丈夫。これならいつも通りでいられる――そう思うことができたから。

だけど、どうしてだろう？　何だか少し、寂しさを覚えてしまう自分もいるのだった。

＊

数日後――

「また人形遊びかよ」

渚があの人形を持って公園に一人でいると、数日前に絡んで来た男子達が再び声をかけてきた。今日は二人ではない。人数は五人ほどいる。正直怖い。

「悪いけど、ここは俺達が使う。お前は出て行け」

「え……あ……ううう……」

先に遊んでいたのは自分だ。追い出されるいわれはない。でも、何も言えない。正直怖いから……。

「またあんた達？」

するとそこに風花がやって来た。男子達を鋭い視線で睨み付ける。

幼馴染みの登場に渚はホッとした。風花が来てくれれば大丈夫——そんな信頼がある。

実際男子達も風花の登場に「うっ」と一瞬怯むような素振りを見せた。けれど、それは本当に一瞬のことだった。彼らはへらっとした笑みを口元に浮かべたかと思うと「また男女《おとこおんな》が来たぞ」なんて言葉を口にした。

「——え？」

男女——その言葉に風花の表情が凍り付いた。

「な……へ、変なこと言わないでよ！　私は男女なんかじゃない！」

しかし、すぐに言い返す。

「いやいや、男女だろ」

が、男子達は怯むことなどなく——それどころか、よりニヤニヤとした表情を浮かべると「女のくせに空手なんかやっちゃってさ」「すぐに前に出てきて偉そうにして……男女じゃなくてなんだっていうんだよ」「お前みたいな乱暴な女子いないっての！」そんな言葉を繰り返し風花に向けた。

それらの言葉に風花はただ立ち尽くす。そんな言葉を言われるなんて想像もしていなかったのだろう。自分が何を言われているのかが理解できないといった様子だった。だが、すぐに自分への中傷だということを理解したのか、悔しそうな表情を浮かべる。いや、それだけではない。今にも泣き出しそうな顔まで……。

(風花ちゃん)

いつも頼りにしていた風花。自分にとってヒーローだった風花……。そんな風花が本当に辛そうだ。泣き出しそうだ。見ているだけでこちらの胸まで痛くなってくる。

「あれれ、その顔……お前、もしかして男女のくせに泣きそうになってるのか？」

「まじかよ。うはは……」

男子達はひたすら風花を嘲笑《あざわら》う。

(やだ……風花ちゃんのあんな顔……)

これまでに見たこともないような表情。嫌だと思った。風花にあんな顔はして欲しくないと思った。

(助けなくちゃ)

これまでいつも助けてもらってきた。だから今度は自分が……。

でも、怖い。男子達が怖い。助けたいと頭では思っているのに、動くことができない。

「ほら、泣けよ男女！」

ケラケラと男子が笑う。

「う……ううう……」

その結果、ポロリッと風花の眦から涙がこぼれた。

瞬間、渚の頭は真っ白になった。

(泣いてる。風花ちゃんが泣いてる……)

自分が泣くことはあっても、風花が涙を流しているところを見るのは初めてのことだ。強く胸が痛む。同時に男子達に対する、そして自分自身に対する腹立たしさが膨れあがってくるのを感じた。

男子達にはなんで風花にそんな酷いことを言うのかと。

そして自分には、なんで見ているだけなのかと。

いつも助けてもらっているのに、こんな時は見てるだけ。風花に対して何もしない。そんなのあっちゃいけないことだ。許されないことだ。

「ひ、酷いこと言わないで!!」

声を上げる。自分でも驚く程に大きな声を。

「んなっ!?」

まさか渚が声を荒らげるなど想像もしていなかったのだろう。男子達は驚いたような表情を浮かべる。それは風花もだ。風花も呆然とした顔でこちらを見つめていた。そうした反応に少し怯んでしまう。だが、ここで引くわけにはいかない。

「風花ちゃんは男女なんかじゃない！　風花ちゃんは可愛い女の子だよ！　空手をやってたって女の子！　好きなことを好きなようにして何が悪いの!!　変なこと、酷いことを言わないで！　風花ちゃんに謝って！　謝ってよ！」

これまで見せたことがないような強い表情を浮かべて男子達を睨む。上げる声だって、公園中に響くほどのものだった。

フーフーと鼻息を荒くしながら、射貫くような視線を男子達へと向け続ける。

それに対し彼らは顔を見合わせると、やがて「ちっ！　つまんねぇ。もういいや。帰ろうぜ」と口にし、逃げるように公園から立ち去っていった。

この場には渚と風花だけが残される。

「あ……ふ、風花ちゃん」

男子達がいなくなった。

そのことに少しホッとしつつ、風花に気遣いの言葉を向けた。それに風花は呆然とした表情を浮かべた後、やがて何だかとても申し訳無さそうな顔になった。

「風花ちゃん？」

想定外の反応に首を傾げる。一体どうしたのだろう？

「あ、いや……その……」

それに対し風花は少し言葉に詰まった後――

「ごめん……渚」

と、一言だけ口にしたかと思うと、渚に背を向け、逃げるようにこの場から走り去ってしまった。

ただ一人だけ渚は残される。

「……風花……ちゃん？」

まったく思ってもみなかった反応。

どうすればいいか分からない。渚にできることは、ただただこの場に立ち尽くすことだけだった……。


それから数日、風花は学校にも来なかった。

それでもすぐまた会えると渚は思っていた。そうしたらその時は謝ろうと……。

(きっと私が助けるのが遅れたから……。謝らないと)

いつも救ってもらってるのに、役に立てなかった。だから謝らないといけない。絶対に。

そう思っていたのに――

「実は、急なことなんだが……」

朝、教壇に立った先生がいった。

「草薙は転校した」

――と。

「――え？」

転校した？　風花が？

まるで現実感がない言葉だった。自分は夢でも見ているのではないか、先生は冗談を言っているのではないか――そんなことまで考えてしまった。

けれど、先生の言葉は事実だった。

その日を境に、本当に風花は渚の前から消えてしまった……。

第一章　再会

――あたしの友達が通う学校には、王子様がいる。

放課後――私立神ノ原《かみのはら》学園高等部二年楠木梓《くすきあずさ》は、友人の町山幸子《まちやまさちこ》を駅前で待っていた。一緒に買い物をする為だ。学校ではなく駅前で待ち合わせをしているのは、学校が違うからである。

時計を確認する。既に待ち合わせ時間を五分ほど過ぎていた。

「あ～、もう、サチのやつ遅いなぁ」

（いつも通りとは言え……サチってホントに時間にルーズだよね）

はぁああっと思わずため息をついてしまう。

「ん？　ため息なんかついてどうしたの？　もしかして、彼氏が来てくれないとか？」

「それは酷いな。こんな可愛い子を放っておくなんてさ、ギルティだよギルティ」

唐突に声をかけられた。思わず「え？」と顔を上げると、二人組の男がいた。ニヤニヤとした笑みを浮かべている。

多分ナンパ男だ。

「な……なんですか……」

「何って……君が可哀想だと思ったからさ。暇つぶしに付き合ってあげようかと思ってね」

「べ、別に必要ないです」

大学生くらいの男が二人――正直いうと怖い。はっきりと拒絶する。

「そう言わないでさぁ」

けれど男達は怯まない。それどころか、梓を挟み込むような形を取ってくる。

「そういわないでよ。俺達も暇なんだよね。だからさ、ちょっとでいいから付き合ってよ」

チャラくて強引。人のことなんかまるで考えてない。こういうタイプは本当に嫌いだ。

しかし、あまり敵意を表に出すことができない。どうしても怖さを感じてしまうからだ。

「少しくらいいいよね？」

男が馴れ馴れしく手を伸ばしてくる。

（やだ。ああもう！　サチのバカ！　サチが遅れるから……）

怖さでギュッと強く目を閉じた。

「はい、そこまで」

そんな時、凛とした声が聞こえた。

「――え？」

思わず目を開ける。

すると、そこには王子様がいた。

肩の辺りで切られた髪に、切れ長の瞳、艶《あで》やかな唇をした、まるで人形みたいに整った顔の王子様が、こちらに向けて伸ばしてきていた男の手を取っていた。

「な、なんだよ？」

唐突な王子様の出現に、男達も怯む。

「なにって……怖がってるでしょ？　それくらい分かるよね？　それなのに手を出そうとするとか、いけないことだと思うけどなぁ」

静かに告げる。

「怖がってるって別にそんなこと……ないよね？」

そうした王子様の淡々とした口調にどこか気圧されたような様子で、男が尋ねてきた。

それに対し「……怖いですよ」と正直な気持ちを口にする。こういうストレートな言葉を男に向けること自体に僅かだけれど恐怖を覚えてしまう。しかし、王子様のお陰だろうか？

素直に口にすることができた。

「だ、そうだけど？」

王子様は静かに男達を見据える。冷たい視線だ。それを受けた男達は――

「あ、そ、そうなんだ。その気付かなくてごめんね」

と謝罪の言葉を口にした。

「分かればいいです」

王子様が手を離す。

それと共に男達は逃げ出すようにこの場から立ち去っていった。

「……大丈夫だった？」

男達を見送った後、王子様が優しく問いかけてくる。鈴の音のような声は本当に綺麗で、聞いているだけで身体中から力が抜けそうになってしまう。何だか頬が赤くなっていくのを感じつつ「だ、大丈夫です」と頷いた。

「それならよかった。まぁ、ここは繁華街だし、ああいう奴らもいるから、気を付けてね。まぁ、今回みたいに私が近くにいれば助けてあげるけどね」

フフッと王子様は笑う。

（ヤバい……マジカッコイイ）

そんな姿に見惚《みほ》れつつ「えっと……お、お名前は？」と尋ねた。

「私？　私は渚。八雲渚だよ」

「渚……さん……」

何だか少し女の子みたいな名前——と、そこまで考えたところで気がついた。

（じょ、女子っ⁉）

王子様——渚が身に着けているのが女子用の制服だということに……。幸子と同じ私立風見鶏《かざみどり》女子高等学校のブレザー制服だ。

自分より頭一つ分背が高い上、凛とした顔立ちのせいで女子みたいに顔が整った男子かと最初は思ってしまったが、本当に女子だったらしい。

（でも、それでも……やっぱり王子様だよね）

スラリとしたモデルのような体形。下手な男子よりもずっとカッコイイ。

「さて、それじゃあ。私は行くから。また機会があったらね」

呆然と見惚れていると、パチッとウィンクをして渚はこの場を立ち去っていった。

彼女が去って行った方向を呆然と見つめ続ける。

「お待たせ～」

するとそこに幸子がやって来た。

「……どうかした？」

立ち尽くした梓を見て首を傾げて尋ねてくる。

けれど、応えることができない。頬を赤く染めながら、ただ呆然とし続けることしか、今の梓にできることはなかった。

＊

朝──渚は学校に向かって歩み出す。

通学路を歩いていると、次々と学校の生徒達が「あ、渚さん！　おはようございます！」「八雲先輩！　今日もとってもカッコイイです」と声をかけてきた。そんなみんなに渚は笑顔を向けると、一人一人に「おはよう」とか「ありがとう」とか挨拶を返した。

そんな挨拶にみんな「ああ、今日も一日幸せ」みたいなことを呟いて、本当に嬉しそうな表情を浮かべる。

正直なことを言えば困惑してしまうような反応だ。けれど、動揺を表には出さない。だって、きっと風花ならみんなに笑顔で対応するだろうから……。

風花と別れてから数年──渚は風花のようになることを目標にして生きてきた。みんなのヒーローになれるように。理由は簡単だ。あの時、あの公園で、風花を守ることができなかったから。

あの時もう少し早く自分が動くことができていたら、自分が男子達にからかわれることがなかったら、風花を傷つけに済んだだろうから……。あんな別れ方をしなくて済んだだろうから……。

だから決めたのだ。風花のようになると。

その為にずっと努力してきた。困っている子がいたら助ける。何だって手伝う。あの頃の風花みたいに……。そのお陰だろうか？　今では学校のみんなから王子様とか言われて好かれるようになっていた。

王子様――はっきり言ってこそばゆい。それでも、拒絶はしない。そうなろうとして生きてきたのだから。

とはいえ、時々辛くなったりすることもある。

理由は単純だ。本当の自分を表に出すことができないからだ。

王子様である為に、長かった髪を切ったし、女の子らしい可愛らしさを感じさせる服を着ることもなくなった。制服以外で着る服は、ほとんど全部がパリッと身体にフィットするもので、スカートは穿かずにほぼパンツだ。自室だって昔みたいに人形を並べた女の子女の子したものではない、とても簡素な部屋になっている。それも仕方ない。徹底的にやらないときっとボロが出てしまうから。そんなに渚は器用ではないのだ。

すべてはあの時みたいな後悔をしない為。

王子様呼ばわりは恥ずかしい。だけど、受け入れる。そうなろうとしてきたから……。

「おはよ」

教室に入る。

「あ、おはよっ」

クラスメート達が笑顔を向けて来た。みんな自分に対して好意を持ってくれていることが分かる表情だ。ただ、距離を感じる。

あまりに完璧であろうとしすぎた為か、どうもみんな自分に対して馴れ馴れしくすることに躊躇《ためら》いを覚えてしまっているようだ。それははっきり言って寂しい。しかし、距離を詰められすぎるときっと本当の自分に気付かれてしまう。だからこれは仕方ないのだ。実際嫌われてるわけでもないし……。

自分の席に着き、カバンの荷物を机の中に入れていく。

「あの……」

そこで声をかけられた。顔を上げるとクラスメートの町山幸子が立っていた。

「どうかしたの？」

「えっと、その……実は昨日、私の友達が八雲さんに助けられたみたいで」

「助けられた？　あ……もしかして駅前の子かな？」

ナンパ男達に囲まれていた子のことを思い出す。心当たりはあれしかない。

「はい。凄く感謝してました」

「そっかそっか。それならよかった。駅前には色んな人がいるからね、町山さんからも気を付けるように言ってあげてね」

フフッと笑いかける。すると幸子は一瞬ぽーっとこちらに見惚れるような表情を浮かべた上で「は、はいっ」と上擦った声で頷くのだった。

そんないつも通りの朝――けれど、この日はいつも通りでは済まなかった。

「あ～、実はな、突然のことなんだが転入生がいるから紹介するぞ」

朝礼の時間、教壇に立った菱野燕《ひしのつばめ》先生がそんなことを口にした。突然の転入生――ザワリッと教室中がざわつく。先生はそんなざわめきを見ながらどこか悪戯っ子みたいな笑みを浮かべると「きっとお前ら驚くぞ」なんて言葉を口にした。

（驚くような転入生？）

何だか興味深い言葉だ。一体どんな子なんだろうと渚も気になってしまう。

「おい、入ってこい」

ぶっきらぼうな口調で先生が声をかける。すると教室の引き戸が開き、女生徒が中に入ってきた。途端に「おおっ」と感嘆の声が上がる。理由は単純だ。思わず声をあげてしまう程に、同性の目から見てもその女生徒は可愛らしかったから……。

背中まで届く長い黒髪に、パッツンと切り揃えた前髪。なんというか、まるで日本人形を思い出させるような見た目だ。丸みを帯びた目に、少しだけふっくらとした頬という顔立ちも、実に可愛らしい。小柄な身体付きと相まって、本当に愛玩人形みたいだ。

クラスメート達が見惚れる。

いや、彼女達だけではなく、渚もその少女には見惚れていた。ただ、見入ってしまう理由は、少女の可愛らしさではなかった。

知っている顔な気がしたからだ。

確かに数年前の幼かった頃から考えるとだいぶ顔立ちは変わっている。髪型だって違うし、あの頃は自分より大きかったけれど、今はどちらかというと小柄な方だ。でも、それでも、面影は確かにある。

(でも、そんな……こんなことってあるの?)

マジマジと見つめ続ける。

すると少女も渚へと視線を向けてきた。そこで一瞬、本当に僅かな瞬間だけれど、少女は瞳を見開いた。その反応で確信する。少女が〝彼女〟であることを……。

「それじゃあ、自己紹介頼むぞ」

答え合わせだとでも言うように、先生が声をかける。

それを受けた少女は一瞬浮かべた動揺を消すと、チョークを手に取り、カツカツと黒板に名前を書いた。

「草薙風花です。皆さん、これからどうぞよろしくお願いします」

名を名乗り、頭を下げる。

その仕草はとても優雅であり、まるでお姫様のように見えた。

(風花ちゃん……風花ちゃんだ……間違いない……)

懐かしい幼馴染み――そんな彼女の姿を、ただただ渚は見つめ続けるのだった。

「こんな時期に転入なんて珍しいね」

「好きなものとかって何？」

休み時間、風花の周りにクラスメート達が集まる。彼女達はとても興味深そうな様子で、風花に質問を投げかけた。

「私の父は昔から急な転勤が多いんですよ。そのせいで、いきなり引っ越しってことが前から何度もあったんです。単身赴任とかはしたくないみたいで」

いきなり引っ越し――確かにそうだ。別れの時もそうだったから……。

「好きなものは……そうですね。可愛らしいものとかが好きですね」

みんなの質問に風花は丁寧に答えていく。その口調はとても柔らかいものだ。昔、活発だった頃とはだいぶ変わっているように感じる。いや、話し方だけじゃない。可愛らしいものが好きというのも、以前とは違うものだった。

活動的だった風花が好きだったものは、ヒーローもののグッズなどだ。男の子趣味といってもいい。

『可愛いものとか私には似合わないんだよね。そういうのが似合うのは渚だよ』

なんてことをいってクスクス笑っていたことを思い出す。

でも、今はそうではないらしい。

何が原因で変わってしまったのか？　と、考えてみる。答えは一つしか思い浮かばない。男子達によるあの時のからかいだ。そのせいで無理矢理生き方を変えた？　なんてことを考えてしまう。酷く胸が痛んだ。

そのせいだろうか？　折角再会できたというのに、まともに風花に話しかけることができなかった。

実際、風花の方も話しかけてこない。

こちらのことを覚えていないのか、それともやっぱり昔のことがあるからなのか？　それは正直よく分からない。ただ、少しだけホッとした。でも、それ以上に寂しさも……。

＊

それから数週間、気がつけば風花は渚に勝るとも劣らない程に、学園の人気者になっていた。可愛らしい見た目な上、とても気が利いて困ってる人がいたらすぐに――

「手伝いましょうか？」

と手を貸す。

裏など全然感じさせないし、まったく嫌味だってない。本当に自然に人に手を貸すことができる子だった。それでいて成績もいい。これまで学園トップだった渚と並ぶほどだ。

「次のテストについてですか？　いいですよ。私もちょうど対策がしたかったところなんです。みんなで勉強しましょう」

一緒に勉強しようというクラスメートからの誘いに気さくに応じる。

「ン？　ああ……ここですか、確かに難しいですよね。私も凄く苦手です。でも……ここはこの公式を使えば……。はい、そうです。ふふ、凄く覚えがいいですね。これなら次のテスト……大丈夫そうですね」

頭の良さを存分に発揮して、みんなに勉強だって教えてくれる。しかも教え方はとても優しい。しかも、ただ教えてくれるだけではなく、その中に賞賛の言葉を交ぜたりもしてくる。人気が出ないわけがなかった。

「八雲さんがうちの学校の王子様なら、草薙さんはお姫様って感じだよね」

「あ〜、分かる。それしっくりくるわぁ」

などという生徒達の会話を聞くことも多くなった。

(実際、ホントお姫様みたいだもんね)

渚だってみんなの意見には同意である。

人気が出るのは当然だ。

いつもみんなの輪の中にいる風花……。

クラスメート達と笑顔で話をしているところを見ると、渚だって何だか少し嬉しくなる。

でも、どうしてだろう？　感じるものは喜びだけじゃない。

チリッとした痛みのようなものを胸に感じてしまう自分もいた。

だって、結局まだまともに話をすることができていないから……。

風花が自分のことを覚えているのかさえ分からない。

(みんなから頼ってもらえるように……そう思って、その為に頑張って来たのに、私ってこんなに情け無かったの？)

自分で自分に失望を覚えてしまう渚なのだった。

＊

（もう風花ちゃんの時みたいな思いはしたくない。そう思って風花ちゃんみたいになろうとしてきた。実際みんなの反応を見れば、なれているとは思う。王子様とか呼ばれるのはこそばゆいけど。でも、だけど……どうしていいか分からずに風花ちゃんには話しかけられない。これが本当に王子様でヒーローなのかな？）

休日の土曜日——自室のパイプベッドにゴロッと寝転がりながら、渚はそんなことを考える。風花が転入してきて以来、ずっとこんな調子だった。

まったく会話をしていないわけではない。「おはよう」とか「さようなら」くらいのやり取りはある。でも、本当にそれだけだ。日常会話はほとんどない。ましてや昔のことなんて絶対に話したりなんかしない。同じクラス——風花との接点はそれだけだった。

「はぁああ……」

ため息をつくことも増えてしまっている。

（少しストレスが溜まってるのかも。こういう時はストレス解消した方がいいな。スッキリすれば鬱鬱としないで済むかも知れないし）

ギシッとベッドを軋《きし》ませながら身を起こすと、クローゼットを開けた。途端に目に飛び込んできたのは、昔大事にしていた人形だ。男子達に取られてしまった時、風花に取り戻してもらった人形……。それを見て少しだけ、笑う。ポンポンッと人形の頭を撫でた。

その上で、かかっている服をざっと見回す。ほとんどがジャケットとかワイシャツだ。ただ、その中に一つだけ女子らしいワンピースがあった。前に親戚からもらった服だ。けれど、今の自分らしくないとして着てはいなかった服。それでも捨てることはできず、ずっとクローゼットの中に眠らせていた。

自室だというのに誰かに見られていないかと確認するようにキョロキョロ周囲を見回してから、そのワンピースを手に取る。

(偶《たま》には……)

そんなことを考えながら、渚はそれを身に着けた。白と青のウエストリボン付きVネックワンピースだ。鏡の前に立ってみる。

(やっぱり……こういう格好は似合わないなぁ)

いつもの王子様然とした格好ではない。実に女の子らしい姿だ。スラッとした身体にフィットした服。何だか元の自分に戻れたような気がする。しかし、普段とあまりに方向性が違う服装のせいで、違和感が凄い。自分にはやっぱりこんな服似合わない——なんてことだって考えてしまう。

ただ、それでも脱ごうとは思わなかった。

それどころか——

（この格好で外……出てみたいかも）

なんてことまで考えてしまう。

（でも、それはやっぱりダメだよね……）

いつもとは違う姿を学校のみんなには知られたくない。みんな自分を王子様として頼りにしてくれているのだ。彼女達の理想を壊したくない。それに、もしかしたら失望されてしまうかも知れない。そうなるのが怖い。だから、やっぱりこの格好で出歩くのは……。

（でも……学校から家って結構離れてるし、この辺に住んでる子って確かいなかったよね。だったら……少しくらいなら大丈夫？）

とも思考する。

どうすべきか――う～んう～んと室内で小一時間ほど悩んだ後、

（いや、悩んでたって仕方ない！　折角だから外に出てみよう!!）

結局渚はワンピース姿で家を出ることにした。近所なら大丈夫のはずだと自分に言い聞かせて……。

実際、街に出ても学園の生徒達に会うことはなかった。

（緊張する必要なんかなかったかな）

自然と口元に笑みを浮かべつつ、街を歩き回る。特に目的があるわけではない。けれど、普段の格好では入ることができない、可愛らしい小物などが置いてある雑貨屋などにも気兼ねなく入ることができた。

(結構ストレス解消できたかも)

街を歩いたのは一時間ほどだ。それでも十分満足できた。

(どっかでお昼でも食べようかな)

時間はちょうど昼前だ。お腹も空《す》いてきている。どこかいい店がないだろうかとキョロキョロ周囲を見回した。

「ねぇ、ちょっといいかな？」

いきなり声をかけられたのはそんな時のことである。

「え？」

視線を向けると、そこには一人の男が立っていた。

金髪にサングラス——一見してチャラそうな男である。

「……何ですか？」

警戒しつつ、何の用かと尋ねる。

「ん？　ああ、別になにってほどでもないんだけどさ、俺……今、一人ですっごく寂しい感じなんだよね。だからさ、誰かと一緒に遊びたいなと思って。そしたら君も一人みたいだし。だからどうかな？　一緒に昼ご飯でも食べに行ったりしない？　奢るよ」

「別に……いいです」

知らない人――ましてや男と昼食を食べるつもりなどない。

「別にいいとか遠慮しないでよ。ね、いいでしょ？」

だが、男はしつこかった。拒絶されているというのに、まったく引き下がろうとしない。

それどころか更にしつこくまとわりついてくる。

普段だったら「うるさい」という冷たい一言と、ナイフのように鋭い視線を向ける場面だ。でも、どうしてだろう？　普段とは違う格好――女子らしい服装をしているせいか、強気に出ることができない自分がいた。

「美味《うま》い店知ってるんだよ。だからさぁ」

ヘラヘラと笑いかけてくる男――それが何だか怖い。

（どうしよう。なんでこんな……服装を変えただけで私……）

思わず救いを求めるような視線を周囲へと向ける。

すると彼女と――風花と目が合った。

「風花……ちゃん？」

そう、風花だ。風花がすぐ近くにいた。

白いブラウスにスカートというお嬢さまみたいな服装をした風花が……。

風花は自分と男を見比べる。

(助けて……風花ちゃん……)

そんな彼女に対し、無意識の内に救いを求めてしまった。

するとまるでその思いが通じたかのように、ツカツカと風花が近づいてきた。そして、ムンズッとナンパ男の手を取ったかと思うと、容赦なくそれを捻《ひね》り上げた。

「あった！　あだだだだぁ！」

男が悲鳴を上げる。風花はその様子を見て満足そうな表情を浮かべると手を離した。

「な……何するんだよ！」

当然男は抗議する。しかも、結構な剣幕だ。

「何する……じゃないわよ。あんたがしつこいからこの子、すっごく困ってたでしょ。その罰よ、罰」

けれど風花はまるで動じることなく、強い口調を向けつつ、男を睨み付けた。普段学校ではいつも丁寧語で言葉遣いも優しい。だが、今はまるで違う。昔に戻ったみたいな話し方だった。

そんな風花の様子に男は気圧されるような表情を浮かべたかと思うと「くっそ……覚え

てろよ！」という捨て台詞を吐いてこの場から逃げ去っていった。

「覚えてろって……ふふ、そんな捨て台詞ホントに言う奴いるんだ……って、そういえばその台詞聞くの、二度目な気がするわね」

クスクスと風花は笑う。

その笑みは、昔と何も変わらないものだった。

そんな風花に呆然と見とれてしまう。

「どうかした？　もしかしてさっきのやつに何かされたの？　大丈夫？」

そうした様子を不審に思ったのか、心配そうに風花が尋ねてくる。その言葉で、なんとか渚は正気を取り戻すと「な、なんでもない。その……助けてくれてありがとう風花ちゃん」と慌てて礼の言葉を口にした。

「風花ちゃん……か」

それに対し、風花はポツリッと呟く。

「え？　あ……馴れ馴れしかった？」

「ううん。違う。馴れ馴れしくなんかない。ただその……懐かしくて。再会して結構経つけど、名前呼ばれるの初めてだしね」

「え……あ……それはその……」

確かにその通りだ。

「ごめん」

謝罪の言葉を口にする。

「別に謝る必要なんかないわよ」

するとクスクスと風花は気にした風もなく笑ってくれた。

「実際私の方も渚に声をかけなかったしね。それは……謝る。ごめんね。でも、ただちょっと、なんていうか尻込みしちゃって」

「尻込み？」

一体何をだろう？

「なんていうか、渚……結構変わってたから。まさか、あんなに女の子らしかった渚が王子様とかって呼ばれてるなんて想像もしてなかったからさ」

「ああ、なるほど」

確かに風花からすれば驚くことだろう。

「本当にあの渚なのかなって……確信も持てなかったんだよね。だから、声をかけていいのかってずっと迷ってた。でも、やっぱり渚は渚だったね。今みたいな格好見ると、そう思えるよ」

「今みたいな格好？」

どういう意味だろうか？　と、考えたところで、気がついた。自分がワンピース姿だということに……。

途端に血の気が引いていった。慌てて両手で自分の身体を「わぁあぁ」と隠す。その上で風花に対して「これは違う！　これは違うのぉお」と告げた。

「違うって何が？」

「何がってその……これは偶々こういう格好をしちゃってたってだけで、普段は全然、こういうの着ないから！　だからその……なんていうか……これは見なかったことにして欲しいというか、みんなには内緒にしておいて欲しいというか」

知られるわけにはいかない。みんなの理想の王子様ではない自分の姿を……。

しどろもどろになりながら、秘密にしてくれと必死に風花に伝えた。

そうしたこちらの様子に、最初風花は驚いたような表情を浮かべた。その次に見せて来たのは、どこか不機嫌そうな顔だ。でも、それは一瞬、すぐに風花は何かを考えるような素振りを見せて来たかと思うと、やがて口元に笑みを浮かべ「分かったわ」と頷いてくれた。

「渚はそういう女の子らしい格好をしていることを秘密にしたいのね？」

「う……うん」

コクッと頷く。

すると風花は――

「いいわ。秘密にしてあげる。でも、その代わりに――そうね。明日……うん、明日一日、私の恋人としてデートしてもらうわね♪」

なんて言葉を口にして来た。

それに対し渚にできたことは――

「――へ？」

間の抜けた声を漏らし、ポカンと口を開けることだけだった。

第二章　キス、そして……

——なんで一日恋人なんて、あんなこと言っちゃったんだろう。

(ああ、もう少しだ)

風花は駅前広場の時計へと視線を移す。時間は九時半。待ち合わせの十時まではあと三十分である。正直緊張していた。

(本当は渚とはずっと距離を取っているつもりだったのに……)

再会してから昨日までのことを思い出す。

転入以来、渚とはずっと距離を取ってきた。渚が昔とは変わっていたからだ。そして多分、彼女が変わった原因は自分だから……。

幼い頃にあった公園での出来事を思い出す。あの時、男女と呼ばれて頭の中が真っ白になってしまった。男子達に言い返すこともできなくなってしまった。泣きそうにまでなってしまうなんてことに……。

結果、渚が自分を庇ってくれることとなった。

そのこと自体は正直嬉しかった。渚が自分を庇ってくれている。大好きな渚が……。喜ばないはずがない。けれど、同時に申し訳なさも感じてしまったのだ。引っ込み思案だった渚に声を荒らげさせるなんてことをしてしまったことに対して……。その申し訳なさから、思わず逃げ出してしまった。

その上、どの面下げて渚の前に立てばいいのかが分からず、仮病を使って学校をずる休みするなんてことまで……。でもって、急な引っ越しだ。

そのせいでずっとずっと、渚に対して申し訳なさを抱え続けることとなってしまった。

（で、再会したら……渚は変わってた）

昔は本当にお姫様みたいだったのに、今はまるで王子様だ。そんな風に自分が変えてしまった——そう考えると、より罪悪感が強くなってしまった。

だから、距離を取ろうとしたのだ。自分からは絶対に積極的に声をかけないようにと。

それなのに……。

（渚が昔みたいな格好をしてたから……）

ワンピース姿の渚。髪は短いし、顔立ちも大人びたものに変わっていたけれど、それでも渚は渚だった。その姿を見た瞬間、風花の心臓は高鳴った。ドキドキドキって……。そうしたらただ見ていることなんかできなくなって、気付いたら子供の頃みたいに渚のことを助けていた。

男女――なんて呼ばれてしまい、結果的に渚を傷つけてしまった。だからもう、二度とあんなことがないようにと、好きだった空手もやめて女の子らしくして来たのに。あっという間に子供の頃に戻ってしまったのだ。

そして久々に渚と話した。

本当に子供の頃以来だったから、しっかり話せるのか？　と少し怖かったけれど、渚は何も変わっていなかった。前のままだった。それが本当に嬉しかった。

でも――

『何がってその……これは偶々こういう格好をしちゃってたってだけで、普段は全然、こういうの着ないから！　だからその……なんていうか……これは見なかったことにして欲しいというか、みんなには内緒にしておいて欲しいというか』

という渚の言葉を聞いた瞬間、スッと頭が冷えていくのを感じた。少し腹立たしさも覚えてしまった。本当の自分を秘密にして欲しい――と渚がいっているように聞こえたからだ。

渚は必死に感情を押し隠している。それもきっと自分とのことがあったせいで……。

またそうした感情が膨れ上がって来た。自分に対する腹立たしさを感じた。そして同時に思ったのだ。渚には本当の想いを隠さずにいて欲しい、その為に自分がなんとかしてあげないといけない――と。

そして考えた結果、口から出たのが――

『いいわ。秘密にしてあげる。でも、その代わりに――そうね。明日……うん、明日一日、私の恋人としてデートしてもらうわね♪』

という言葉だった。

（何いってる？　何いってるの私ぃいいいいいい!!）

後になって非常に後悔した。

（おかしいでしょどう考えても！　なんとかしてあげたいって想いが、なんで一日恋人になってもらうから！　なんて言葉になるのよ!!　どういう思考になってるの？　渚のことを考えているようで、実際は自分の欲望ばっかり優先しちゃってるじゃない!!）

思い出すのは男女事件の前のことだ。

公園で渚とキスをしてしまったこと……。

実をいうとあの日以来今日まで、風花は渚のことを幼馴染みの大親友という以上の存在として見るようになってしまっていた。自分がこの世で一番大好きな存在だ――と。

だからこそ、渚を守れなかったことに、必要以上と言ってもいいほどに、強い後悔と申し訳なさを覚えてしまったのだ。

渚に対して自分は酷いことをした。だからこの気持ちはずっとずっと隠し続けるのだ。そう思っていた。なのに、それなのに……。

（あああ！　私って、私って……こんなに意思が弱い人間だったのぉおおお⁉）

頭を抱えてしまう。

駅前広場で一人「うあぁあああ！」と頭を抱えてジタバタする女の子。これには周囲の人間もどん引きである。ナンパ野郎達でさえ、近づいて来ることを躊躇するレベルだった。

だというのに——

「だ、大丈夫？」

声をかけてくる子がいた。

鈴の音のような可愛らしい声を……。

それを耳にした瞬間、風花は秒で頭を上げる。ガバッという効果音が聞こえてきそうな程の勢いで！

そこにいたのは——渚だった。

「お、おはよ」

ちょっと困ったような様子で挨拶してくる。

「へ？　あ……あああ！」

醜態を晒してしまったことに気付いた。慌てて表情を取り繕う。女の子らしくなる――そう決めてから必死に覚え込んだしとやかな自分を表に出す。

「おはよう」

口元に僅かに微笑を浮かべ、優しい口調で挨拶を返した。

こちらの急激な変化に渚は少し戸惑うような表情を浮かべつつ「えっと、何かあった？」と尋ねてくる。

そんな彼女の姿を観察する。

身に着けているのは白いワイシャツにジャケット、それとパンツだ。パリッとした格好である。しなやかな身体のラインが浮き出る服装だ。女子にしては高い身長と、同性から見ても本当に整った顔立ちと相まって、まるでモデルのようにさえ見える。はっきり言うが下手な男子よりよっぽどカッコイイ。学校のみんなが王子様と呼ぶのもよく分かる姿だ。

ただ、格好はいいけれど、元の渚を知っている風花にはそうした姿が少し痛々しくも見えた。無理をしているならばやめさせたいと思う。

（ただ、それはそれで勝手な思い込みかも知れないのよね）

もしかしたら好きでやっている可能性だってある。昨日はなんか頭にきてしまったけれど、一日おいてみると少し冷静になれた。渚のことが好きだからこそ、自分の感情を押しつけたくはない。

実際自分だって昔とは変わっているのだ。そうしなければならないと思ったから。

「それにしても早いわね。まだ待ち合わせには三十分近くあるけど」

小さく深呼吸して気分を落ち着けると、柔らかな口調で尋ねた。

「え？　ああ……それはそうなんだけど……なんか……デートって聞いたから……その緊張しちゃって……。初めてだし。だから早く来ないといけないかなって」

初めてだし——という渚の言葉。それが強烈《きょうれつ》に風花の頭に刻み込まれる。

初めて、初めて、初めて——そのフレーズが脳内で何度も繰り返された。

何だか嬉しくなってしまう。自然と口元が緩みそうになってしまった。だが、そうした感情を抑え込むと——

「そう……初めてなんだ。それじゃあ……私がしっかりリードしてあげるわね」

余裕ぶった態度でそう告げた。

（って……何いってるのよ！　私だって初めてなのに!!　でも、だけど……渚には頼りにされたいし、それにその……渚が本当に無理をしてるのかどうかを見極めるには、やっぱり多少余裕を持ってないといけないしね）

そうだ。今回のデートは見極める為のものだ――と、考える。

渚が無理をしているのであれば、それをなんとかする。していないのであればそれでいい。うん、そう言う方針で行こう！

「えっと……それじゃあ……」

一応デートプランは考えてきている。すると決まったからには全力だった。

「まずは雑貨屋からね。色々見たいものは決めているの。行きましょう」

そういうと、自然な動きで渚の腕に自分の腕を絡めた。

「ほわっ⁉」

唐突な行動に渚が声をあげる。

「どうかした？」

「どうかって……その……腕を組むの？」

「そうよ。だって、今日は恋人同士なんだから」

んふふっと笑ってみせる。表面上は実に余裕な態度である。

だが、実をいうと心臓はバクバクだった。渚と腕を組む。まさかこんな日が来るなんて想像もしていなかったから……。

「あの……えっとさ、その……恋人同士って言うのは……なんで？」

必死に冷静さを装う風花に対し、渚が頬を赤く染めながら尋ねてくる。

「なんでって？　どういうこと？」

それはイヤだということだろうか？　だとしたら――考えると胸が痛くなる。

「いや、その……どういうことを考えて風花ちゃんは恋人なんて……と思って」

「どうって……それは……」

自分でもよく分からない。勢いで出てしまった言葉だからだ。ずっと抱えてきた気持ちが溢れ出してしまったと言うべきか……。けれど、それを口にするわけにはいかない。

昔のことがあるけれど、渚だって多分自分を好いてくれているとは思う。ただ、自分の好きと渚の好きは多分違うだろう。もし、特別な意味で好きだからなんて答えてしまったら、もしかしたら幼馴染みとしても一緒にいられなくなってしまうかも知れない。だから考える、必死に言い訳を……。

その結果――

「もちろん、将来のことを考えてよ」

と答えることにした。

「いつか私達だって誰かとお付き合いする日が来るでしょ？　その時の為の練習。でも、だからってお試しで男子と付き合うなんてイヤだし……だったら女の子同士なら問題無いかなって。幸い、渚ちゃんは……王子様みたいだしね」

抵抗を覚えつつも、敢《あ》えて渚を王子様と呼んだ。そう呼ばれることに対して、渚がどんな感情を抱いているのかを探りもしたかったからだ。

「ああ……なるほど」

しかし、渚は特に動じることなく風花の言い訳を受け入れてくれた。

それに少し寂しさを感じる。将来男と付き合う為――という言い訳に引っかかりを覚えてはくれないようだった。けれどそれは主目的ではない。どちらかと言えばどうでもいいことだ。ずっと隠し続けようと思ってきたことだし。

「さて、それじゃあ納得できたなら行きましょうか」

「あ……分かった」

というワケで改めて腕を組むと、決めていたデートプランの場所へと向かった。

因《ちな》みに本日向かう予定なのはすべて――といっても二軒だが――可愛い系の雑貨や服が売っている店である。睡眠時間を削って一晩かけて調べ上げた店だ。渚が本当に昔のまま可愛い系が好きなのであれば絶対に食いつく店である。そこでどういう反応をするのかを見定める――と思っていたのだけれど、

「ど……どういうこと？」

なんと、目をつけていた店がどちらとも臨時休業中だった。

「うあ……これ……どうしよう……」

折角考えてきたデートプランがこれではパーである。

「二軒ともお休みなんだ。こんなこともあるんだね」

渚も苦笑していた。

「えっと……う～ん」

こうなってしまうとどうすべきかが分からなくなってしまう。しかし、決断は早めに下さないといけない。渚を退屈はさせたくなかった。とはいえ、元々住んでいた街では歩けれど、帰ってきてまだ一ヶ月も経っていない。どこにどんな店があるのかは分からない。

「それじゃあ……私のオススメのお店に行こうか」

困惑していると、渚が助け船を出してくれた。

「え？　あ……ありがとう」

「いいって、これじゃ仕方ないし。でも、その……私の趣味のお店だからあんまり風花ちゃんは好みじゃないかも知れないけど」

「構わないわよ。行きましょう」

寧《むし》ろ望むところだ。今の渚がどんな趣味をしているのかを知るチャンスである。

そうして二人でやって来た店は、スポーツ用品店だった。

「ここ？」

「うん……その、服を見たいのかなと思って……。でも、私が見るのって大抵こういうお店なんだよね。動きやすい服が好きだから」

「……なるほど」

つまり、やっぱり渚は女の子趣味をやめた？

でも、まだ分からない。ふ〜むと思考する。

「やっぱりいやだった？　こういうところ」

すると渚が心配そうな表情を浮かべてきた。同時にこちらの服を見つめて来る。本日身に着けてきたのは、紺色の膝までのワンピースに、白いカーディガンというガーリッシュ系の服装だ。スポーツ用品店とはちょっと相容れない感じである。だから渚は心配しているのだろう。

けれど、問題は無い。

「大丈夫よ」

こういう服は無理して着ているのだ。どちらかというと、行動的な服の方が好きだ。その辺は昔から変わっていない。寧ろこういう店の方が好きなくらいである。

「そっか……よかった」

ホッとした様子で渚はクスッと笑う。

とても綺麗な笑みだ。一瞬見惚れてしまった。

「どうかした？」

「へ？　あ……なんでもない……わよ」

「そう？　だったら入ろう」

そう言うと渚は風花をエスコートしてくれる。

（ホント……王子様だよね）

改めてそう思ってしまうスマートさだった。

店内で服を見る。ジャージを始めとして、動きやすそうな服がずらっと並んでいた。結構デザイン性も悪くない。正直買いたいと思ってしまう。だが、そうした想いは抑え込む。必死に興味がないフリをする。自分は女の子らしくなると決めたのだから……。昔のようなことには二度とならないように。

なんてことを考えつつ、自分の隣で服を見る渚へと視線を向けた。結構真剣な表情だ。

（普段は女の子らしい服なんて全然着ないって言ってたわね。やっぱり、ああいう服は趣味じゃなくなってるってこと？）

分からない。観察していても、答えを導き出すことはできそうになかった。

「さって……それじゃあお昼でも食べましょうか。流石《さすが》に次もしまってるなんてことはないでしょ」

スポーツ用品店でのウィンドショッピングを終え、決めていた店へと向かう。スイーツなどが有名な店へと。

お伽噺に出てくるような可愛らしい外観をしたファンシーな店だ。可愛いものが好きだった渚の趣味が変わっていなければ、絶対に何か反応するはず！

と、思ったのだけれど、渚は何の反応も示さなかった。

「へぇ、可愛いお店だね」

とはいってくれたがそれだけだ。

結局何事もなく昼食は済んでしまった。

（無理なんかしてないってこと？　渚はやっぱり変わっちゃったの？）

そんなことを考えながら店を出る。

「で、次はどこに行くの？」

渚が尋ねてきた。

「どこって……午後は特に決めてない。ちょっと二人で街を歩いてみようかなって。帰ってきてからまだ街中をしっかり歩いたりしてないし。どんな風にここが変わったのか見てみたいかなって」

「ああ、それいいね。それじゃあ……私が案内するよ」

やっぱり渚がエスコートしてくれる。

(昔はずっと私の後ろにいたのにな……)

少しだけ寂しさを感じつつ、彼女と共に歩き出した。


「結構変わってるのね」

「まぁ、それなりに時間が経ってるしね」

昔よく一緒に遊んだ街。けれど、すっかり替わってしまっていた。あった店がなくなっていたし、昔からのお店も店員さんが変わっていたりもした。年月を強く思い知らされる。

(そりゃ……渚だって変わるか……)

幼馴染みの変化を受け入れることもできてしまう。寂しいけれど仕方ないことなのかも知れない。

なんてことを考えながらやがて公園に辿り着いた。あの公園に……。

「あ……ここ」

思わず声を出してしまう。

すると渚の顔色が変わった。

「えっと……次はあっちに……」

こちらを気遣ってくれているのか、公園をスルーして先に進もうとする。けれど、そんな渚を引き留めた。

「大丈夫。あれから何年経ってると思ってるの？　大丈夫だから。それに、確かにここは嫌な想い出があるけど、それ以上にいい想い出もあるし」

「いい想い出？」

「沢山一緒に遊んだでしょ？」

「ああ、確かに……」

「それに――」

初めてキスをした場所。初めて渚のことが好きだと理解した場所だから……。

「それに？」

渚は首を傾げる。

そんな彼女を上目遣いで見ると「忘れちゃった？」と小悪魔みたいな表情で尋ねた。

「え？　えっと……あっ」

思い出したのか、ボッという音が聞こえてきそうな程の勢いで渚は顔を真っ赤に染めた。そんな反応がとても可愛らしい。こうした姿をもっと見たくなってくる。

「あそこでキスしたよね」

そうした想いに逆らうことなく、二人で口付けを交わした滑り台を指差した。

その上で――

「ただデートするだけじゃなくて、一日私の恋人になるっていったこと……覚えてる？」

なんてことを尋ねる。

「それは……う……うん」

コクッと渚は頷いた。

「そっか……なら、今日の渚は私の恋人なんだよね」

言葉を重ねる。ジッと渚を見つめたまま……。

問いかけに対して渚は少し間を置いた後「そう……今日は……恋人」と呟いた。頬を紅潮させ、瞳をどこか潤ませながら……。

そんな顔を見ているとドキドキと胸が更に高鳴っていく。恥ずかしがる姿を見たいから、だから恋人云々という言葉を口にした。けれど、それだけでは我慢できなくなってしまう。

それくらい今の渚の姿は魅力的なものだった。

したくなってしまう。あの時みたいに口付けを……。

「ねぇ……してもいい？」

わき上がる想いに逆らいはしない。素直に従う。こういう時、風花は結構思い切りがいいのだ。

「してもって……な……何を？」

「聞かなくても分かるでしょ？」

はっきりとは答えず、ただ渚の瞳を見つめ続ける。

すると渚はスイッと恥ずかしそうにこちらから視線を逸らしつつ、無言でコクッと頷いてくれた。

キスというのは本当の恋人同士がするものだ。一日だけの恋人なんていう条件の相手とするものではない。それくらいは理解している。でも、抑えられない。だってずっと好きだったから。我慢なんかできるわけがない。

「渚……」

渚の顎《あご》に手を添えると、くいっと彼女の顔を僅かに上げた。その上で、少し背伸びしつつ、風花は自分から「んっ」と幼馴染みの唇に自身の唇を重ねた。

伝わってくる。渚の温かさが、柔らかさが……。

ただ唇を重ねているだけでしかない。けれど、どうしてだろう？　それが堪らない程に心地良かった。唇だけじゃない。まるで全身が一つに蕩《とろ》け合っていくような気がする。心が満たされていくような感覚だった。幸福感に身体中が包み込まれていく。

(気持ちいい)

(もっと……もっと……)

この感触をもっと強く味わいたい。もっともっともっと――想いがどうしようもない程に膨れ上がっていく。そうした感情に逆らうことなく、ただキスをするだけではなく、幼い頃もそうしたように風花はギュッと強く渚の身体を抱き締めた。

その上でより強く唇を押しつける。いや、ただ口唇《こうしん》を重ねるだけではない。舌を伸ばすと、渚の口内に差し込んだ。

「ふっちゅ……んちゅっ……はっちゅ……んちゅうっ」

かき混ぜる。幼馴染みの口内を。クチュクチュという淫靡《いんび》な音色が響いてしまうことも厭《いと》わず、渚の舌に自身の舌を搦《から》めたり、頬を窄《すぼ》めて口腔《こうこう》を啜《すす》ったりもした。

(キスってこんなに気持ちよかったんだ)

身体中から力が抜けそうになる。同時に全身がジンジンと火照り始めるのを感じた。た

だキスするだけじゃない。もっと強く渚を感じたいと言う想いも強くなっていく。

そうした感情に後押しされるように、一度風花は重ねていた唇を「んっふ」と離すと

「ねぇ……父さんも母さんも仕事で凄く忙しくて、ほとんど家にいないの。今日だって二人共出張で帰ってこない。だから……その……私の家に来ない？」

なんて言葉を口にするのだった。

＊

「ここが風花ちゃんの部屋……」

招かれた風花の部屋に入る。

室内には幾つものぬいぐるみが置いてあった。小物類も全部可愛らしい感じだ。以前とはまるで違う。やはり風花は変わってしまったらしい。

（スポーツ系の服とか見ても反応はあまりなかったしなぁ）

スポーツ用品店に寄った時のことを思い出す。もう少し反応してくれるかと思ったけれど、風花の表情は涼しいもので、普通の状態とほとんど変わることはなかった。

そうしたことを少し寂しく感じつつ、それ以上に渚は瞳をキラキラと輝かせる。

風花の部屋に置いてある可愛らしいグッズ――そのすべてが好みにドンピシャだったか

らだ。自分の部屋がこんなだったらどれだけ幸せか――なんてことを考えてしまう。

「どうかした？」

渚の反応を不審に思ったのか、風花が首を傾げて尋ねてきた。

「ん？　別になんでもない」

慌てて誤魔化す。

自分が本当は昔のままだってことを知られるわけにはいかない。その為に今日は必死に取り繕ってきたのだ。昼食の時だって「可愛いっ！」と喜んでしまいそうになる自分をなんとか抑え込んだ。その努力を無駄にするわけにはいかない。ボロを出すことはできない。

「そう……それならいいけど」

なんてことを口にしつつ、風花が近づいてきた。

「ねぇ……もう一度キスしていい？」

再びそんなことを聞いてくる。

「え……あ……それはその……」

先程した公園での口付けを思い出した。

あんな場所でキスをしてしまった。本当の恋人同士でもないのに……。

キスって言うのは大切なものだ。簡単にしていいものじゃない。本当に好きな人同士でしないと……。

でも、だけど、風花とのキスは本当に気持ちがよかった。もっともっとし続けていたいと思ってしまうほどに……。

あの気持ちよさをもう一度——そんな感情がムクムクと膨れ上がって来た。

(今日一日、私は風花ちゃんの恋人……。そう、今日だけだけど……私は恋人なんだ。だったらキスだって……)

言い訳みたいにそんなことを考える。

そんな想いのままに「……いいよ」とコクッと頷いた。

「渚っ——んっ」

するとすぐさま風花はこちらの身体を抱き締めると、チュッと口付けをしてきた。触れ合うだけの口付け。でも、それは一瞬だけだった。

「はっちゅ……んちゅっ……ふちゅうっ」

公園でそうしてきたように、再び風花は口内に舌を挿し込んできた。

「んっちゅる……ふちゅっ……んっちゅ……はちゅううっ」

舌が蠢く。口腔をかき混ぜてくる。自分の舌に風花の舌が絡み付いてくるのが分かった。

(あ……これ……いい。やっぱり……公園でした時も思ったけど……すっごく……あああ

（……すっごく気持ちいい）

舌を少し動かされるだけで身体中を快感としかいえないような感覚が駆け抜けていく。それは身体中が弛緩してしまいそうなレベルの肉悦だった。

「キス……スゴイ……」

ツプッと重なっていた唇が離れた途端、思わず呟いてしまう。

「確かに……これ……本当に気持ちいいわね。キスって……こんなによかったんだ。そりゃ……ふふ、みんなしたがるか」

同じような快感を風花も覚えてくれているらしい。どこか呆然としたような様子でキスの感想を口にしてきた。

「なんか……これ……もっともっとしたくなる」

言葉と共に、物欲しそうな視線を風花は渚に向けて来た。それは視線だけだ。実際何をしたいとかまでは口にしてこない。ただ、それでも、彼女が更なる口付けを欲していることは理解できた。

（風花ちゃんが……私とキスしたいって思ってくれてる？）

考えた途端、ドクンッと心臓が脈打った。同時に想いが膨れ上がって来る。自分ももっと風花とキスをしたいという想いが……。

自分達は本当の恋人同士じゃない。一日だけの恋人。ごっこ遊びみたいなものだ。だから本来はキスなんてしてはいけない。けれど、わき上がってくる想いを抑え込むことができない。感じたい。もっと風花の唇を……。

そうした想いに後押しされるように、ほとんど無意識のうちに渚は瞳を閉じると、風花に対して唇を突き出すような体勢になった。

「……渚」

求めに風花は応じてくれる。

「はっちゅ……んちゅうう……」

また唇が重ねられた。

再び口内に舌が挿し込まれる。またしても口の中をグチュグチュとかき混ぜられることになった。

(ああ……やっぱり凄い。なんかこれ……頭の中まで舌でかき混ぜられちゃってるみたい。凄く……すっごく……気持ちいい)

またしても愉悦が走る。舌の動きにシンクロするように、快感としか言えない刺激が渚の全身を駆け抜けていった。身体中が弛緩してしまう。

(力……入らない……)

立っていることも辛くなっていった。

するとそうしたこちらの脱力に気付いているかのように、風花は容赦なく渚の身体を押し倒して来る。

抱き合い、唇を重ね合ったままベッドに倒れ込んだ。ギシッと軋むような音が室内中に響き渡る。それでも口付けは止まらない。

「んっちゅる……はちゅる……ふちゅるるるるぅ」

こちらを押し倒したまま、より激しく風化は舌をくねらせてきた。グチュグチュと淫靡としか言えない音色が室内中に響き渡る。自分と風花の唇と唇の間からこの音色が響いているのだと考えると、羞恥がどんどん増していく。

しかし、感じるものは恥ずかしさだけではない。

もっとして欲しい。もっと――という想いも後から後から湧き出してきた。

想いに比例するように身体も熱く火照り始める。全身がジンジンと疼《うず》いた。

そうした火照りと疼きに流されるかのように、自分からも挿し込まれた舌に舌を絡めてしまう。もっと感じさせてと訴えるみたいに、渚の方からも風花の口内に舌を挿し込んだりもした。

そんな口付けをひたすら、本当にひたすら、時間にして三十分近く二人は続けた。

「はっふ……んふううぅっ」

やがてどちらからともなく唇を離す。口唇と口唇の間にツツッと唾液の糸が伸びる有様が、実に淫靡だった。

「渚……いい？」

そうした光景をぼんやりと見つめていると、風花がジッとこちらを見つめながら尋ねてきた。

「いいって……何？」

よく分からないので首を傾げる。

「その……正直私……我慢できない。キスのせいで……自分を抑えられそうにないの。キスだけじゃ満足できない。もっと渚を感じたい。だから……いい？」

もっと感じたい――その言葉で風花が言いたいことを理解する。渚だって年頃だ、ある程度そう言う知識は持っていた。

（でも……それは……）

キスよりも更に深い行為である。簡単に頷くことなんてできない――と、頭では思う。

しかし、自分を見つめている風花の切なげな顔を見ていると、気持ちに応えてあげたいという思いが膨れ上がって来るのを感じた。いや、それだけじゃない。

（私も感じたい。風花をもっと感じたい）

という想いも、同時に抱いた。

だからだろうか？

「……風花ちゃんがしたいようにして」

気がつけばそう答えていた。

「渚っ！　んっちゅ……ふちゅうう！」

答えを聞いた途端、再び風花は口付けしてきた。また舌も挿し込んでくる。だが、今回はそれだけじゃない。同時にこちらの服に手をかけてきたかと思うと、舌で口内をグチュグチュとかき混ぜつつ、器用にワイシャツのボタンを外し、ジャケット共に脱がせて来た。

これにより露わになってしまう。灰色のスポーツブラが……。

当然のようにその下着にも風花は手を添えてきた。まずはブラの上から乳房を揉みしだいてくる。

「んっふ……はふううっ」

グニュッと綺麗で細い風花の指が乳房に食い込んできた。そのまま何度も揉んで来る。

すると、その動きに合わせるように、ピリッピリッという身体が痺《しび》れるような刺激が走った。

「んっは……あんんっ……んっく……んふううう」

ヒクッヒクッと身体が震えることとなってしまう。それと共にジンジンという疼きが乳房を中心に全身に広がってくるのを感じた。

「……渚って敏感なんだ」

などという言葉を、一度キスを中断した風花が投げかけてくる。

「そんなこと……」

否定した。認めるのが何だか恥ずかしかったから……。

「本当に？　これでも？」

けれど、そうした否定は風花による更なる責めを呼ぶこととなってしまう。風花は再びブラに手をかけてきたかと思うと、躊躇なくそれを上にずらしてきた。結果、乳房が露わになってしまう。ツンッとした上向き加減の、どちらかというと慎ましやかな胸が……。

「可愛い胸ね」

剥《む》き出しになった乳房を風花がマジマジと見つめて来る。

「やだ……恥ずかしいからあんまり見ないで」

相手は同性だ。銭湯などに行けば肌や胸を見られることは当然ある。けれど、風花が向けてくる視線は、そういった時に感じるものとはまるで違うものだった。どこか熱を帯びた視線。感じているとより羞恥が膨れ上がってしまう視線である。だから見ないでと訴えつつ、慌てて両手で自分の胸を隠した。

「ダメ。隠さないで」

だが、風花は乳房を隠すことを許してはくれなかった。

風花の手で両手がどかされてしまう。改めて乳房を剥き出しにされてしまう。いや、ただ胸を剥き出しにしてくるだけでは終わらない。

「……んっちゅ……ちゅううっ」

露わになった乳房に、風花は口付けをしてきた。

「あっ！　んっ！　あんんっ」

唇の感触が今度は乳房に伝わってくる。途端に先程揉まれていた時に感じたもの以上の刺激が走った。ビクッと電流でも流されたみたいな反応を取ることとなってしまう。

「やっぱり敏感だ」

そんな反応に風花はより嬉しそうな表情を浮かべつつ、更にチュッチュッチュッと乳房に対して口付けの雨を降らせてきた。白い肌に何度も唇を押しつけてくる。乳輪にも、当然乳首にも……。

行為はキスだけでは終わらない。

舌まで伸ばしてくる。レロッレロッと転がすように乳首を舐めてきた。その上でハムッと口唇で立ち上がってしまった乳頭を挟み込んだかと思うと「んっちゅ……ふちゅっ……ちゅるるるる」と吸引まで……。

「あ……それ……やっ！　んんん！　なんか……こんな……嘘！　変になる！　あっあっ……風花ちゃんそれダメ……変になっちゃうからぁ」

思考が歪みそうな程の愉悦が走る。生まれて初めての感覚。何だかとても心地がいい。けれど、気持ちよさが少し怖い。自分が自分でなくなってしまうような気もしたからだ。だからダメだと訴えはするのだけれど——

「見せて……渚の変なところを見せて」

熱に浮かされているような表情を浮かべる風花は止まってなどくれなかった。それどころかより激しく乳房を吸ってくる。同時に下半身に手を伸ばしてきたかと思うと、器用にパンツを脱がせて来た。

ブラと同じく灰色のデザイン性もなにもあったものじゃないショーツまで露わにされてしまう。そんなショーツの股間部にも風花は手を伸ばしてきた。クロッチ部分に指を押し込んでくる。途端にグチュッという淫猥《いんわい》な水音が響いた。

「これ……濡れてるね」

ショーツの股間部に染みができる。

「キスして……胸を弄《いじ》られて……興奮しちゃったんだ？」

はぁはぁと漏らす吐息を荒いものに変えながら、風花が尋ねてきた。

「そんな……ことは……」

「嘘はつかないで……素直になって。教えて……本当の気持ち……。私はね……凄く興奮してるよ」

首を横に振ろうとする渚に対し、風花は素直な気持ちを伝えてくる。

ぐちゅっ……。

渚の手を取ると、自分のスカートの中に導き入れるなんて行為まで……。

「ほら、触ってみて」

「んあっ」

指先が風花のクロッチに触れた。

途端に伝わってくる。生温かく、ヌルヌルとした感触が……。見なくても自分と同じように風花のあそこも濡れていることが分かった。

「ね？　興奮してるでしょ？　渚も同じだよね？」

改めて尋ねてくる。

向けられる言葉と視線。

それに対し渚は少し躊躇った後――

「してる……興奮しちゃってる……」

コクンッと頷いた。

実際その通りだ。凄く興奮している。身体はこれまで感じたことがないほどに昂《たかぶ》ってしまっていた。

「……そっか。気持ちよくして欲しい？」

更に風花は問いを重ねてくる。

「……して……欲しい……」

こんなこと恥ずかしくていけないことだ――という想いは残っている。けれど、それ以上に興奮してしまっていた。わき上がってくる情欲としかいえない感覚を抑え込むことなんかできず、素直に頷いてしまう。

「そっか……それじゃあ」

渚の答えに風花は嬉しそうに笑ったかと思うと「はっちゅ……ふちゅう」と改めてキスをしてきた。それと共に股間部に添えたままの指を動かし始める。ショーツの上からワレメをグチュッグチュッグチュッと幾度も上下に擦り上げてきた。

同性だからだろうか？　力加減は絶妙だ。その上、的確に敏感部を指先で圧迫したりしてくる。

「あっ！　んっ！　あっふ……んふううぅっ」

刻まれる愛撫に対し、口付けを続けたまま肢体を震わせる。秘部からは更に多量の愛液を分泌させながら……。

「なんか……来る。これ……来ちゃう……」

愛液量に比例するように、これまで感じたことがない強烈な愉悦を伴った感覚が膨れ上がって来るのを感じた。

「イキそうになってる？　いいわよ。イキたいならイッて。私に見せて、渚が気持ちよくなるところを」

「でも……なんか……恥ずかしい……」

濁流《だくりゅう》のように快感が押し寄せてくる。その感覚に身を任せたいという想いも同時に膨れ上がって来た。けれど、まだ理性は残っている。欲望のままになることに対し、どうしても抵抗感や羞恥を覚えてしまう自分がいた。

「大丈夫だから。見せて……渚の恥ずかしいところを」

けれど、風花は愛撫を止めてくれない。それどころかどんどん激しいものに変えてくる。

これまで以上に秘部を指で刺激しつつ、空いた手で剥き出しの乳房を捏《こ》ねくり回すように揉みしだいてきた。

それと共にキスだってしてくる。舌を挿し込むと共に、これまで以上に濃厚に口内をかき混ぜてきた。

（これ……いい。気持ちいいのがどんどん大きくなっていく。こんなの……無理。恥ずかしい……すっごく……はぁああ……恥ずかしいけど……我慢できない。こんなの私……知らない！　知らないのぉお！）

渚にとって生まれて初めての絶頂感だった。

思考まで蕩けてしまいそうな程の快感。ただそれに流されることしかできない。

「あっあっあっあっあっ」

愛撫に合わせて嬌声《きょうせい》を漏らしつつ、昂りに身を任せる。

刹那《せつな》、グチュッと風花が指でクロッチ部分を押し込んで来た。陰核《いんかく》が強く圧迫される。

それがトリガーとなった。

「あっ！　これ……い……イクっ！　あっは……あっあっあっ――んぁあああ！」

目の前が真っ白に染まる。意識さえも飛びそうになる程の快感が弾けた。

背中を弓形に反らす。眉間に皺を寄せ、表情を切なげに歪めた。それと共にブシュッと秘部からは愛液を飛ばす。自分に重なる風花の身体を強く強く抱き締めながら――

「はふうう！　あっあっあっ――んぁあああぁ」

強烈すぎる絶頂感に、ただただ渚は肢体を震わせるのだった。

（気持ち……いい……）

身体中が蕩けてしまいそうな心地良さ。しかも、ただ気持ちがいいだけじゃない。

（何だかこれ……幸せ……）

堪らない程の幸福感も抱く。

（これ……もっと……）

こんな幸福感をもっと味わいたい――そんな欲望まで抱いてしまう渚なのだった。

＊

（イッた。これ……渚が……私の手でイッたんだ……）

室内で再びキスをした瞬間、理性の糸が千切れて気がつけば渚を押し倒していた。その上、身体を好きなように愛撫して絶頂させるなんてことまで……。

「はぁ……はぁ……はぁ……」

自分が組みしだいている渚が荒い息を吐いている。

剥き出しになっている白い肌は桃色に染まり、汗で濡れていた。顔も汗塗《まみ》れ。前髪が額にくっついている。そうした有様が実に艶《なま》めかしい。

（これ……現実？）

夢を見ているのではないかとさえ思ってしまう。

けれど、自分の下にいる渚から伝わってくる温かさは本物だ。

ある意味ずっと夢見てきた光景。一度絶頂させただけでは満足できない。もっともっと感じる姿を見たくなってしまう。

「……まだ……まだよ。もっと気持ちよくしてあげるからね」

そうした想いを抑えることができない。風花は一度身を起こすと、渚の足に引っかかっていたパンツやショーツを剥《は》ぎ取り、両脚に手をかけ、左右に開いた。

「え？　あ……やっ！」

渚の女の部分が視界に映り込む。

クパッと開いた肉花弁。剥き出しになった媚肉は綺麗なピンク色だ。幾重にも重なるヒダヒダ。表面はグッチョリと愛液で濡れている。膣口《ちつこう》は呼吸するみたいにクパクパと閉じたり開いたりしていた。

そんな秘部から甘ったるい匂いがわき上がってきている。嗅いでいるとそれだけでこちらの身体まで熱くなるような香りだ。

「凄く綺麗」

思ったことを素直に口にする。

「や……ダメ……恥ずかしいから……」

慌てた様子で見ないでと渚が訴えて来た。

「大丈夫。本当に綺麗だから。恥ずかしがることなんかない。ここ……もっと気持ちよくしてあげるね」

「もっとって……でも……」

「嫌？」

真っ直ぐ渚を見つめて尋ねる。

この問いに対して渚は一瞬瞳を見開いた。

反応はそれだけで、返事はしてくれない。けれど、嫌だと拒絶してくることもなかった。

「いいんだよね？」

重ねて問う。

すると渚はしばらく間を置いた後、無言で首を縦に振ってくれた。

「よし……それじゃあ……行くよ」

幼い頃から渚に対して特別な想いを抱いていた。そして今、風花は年頃だ。エッチなことを考えたりもする歳である。同性同士での行為をスマホなどで調べたりしたことも何度かあった。

そうした知識を思い出しながら秘部に唇を寄せていくと――

「ふっちゅ」

先程まで口唇にそうしていたように、口付けした。

「あんんっ」

瞬間、とても可愛らしい嬌声と共に、先程まで以上に激しく渚は肢体を震わせた。同時に唇よりもネトッとした秘部の感触が口唇に伝わってくる。

「や……そんなとこ……汚いよ。ダメっ！」

「大丈夫。渚の身体に汚いところなんかないから……」

本心だ。渚の身体だったらどんなところだって綺麗。お尻の穴だって舐められる――などと言うことさえ考えながら、繰り返しチュッチュチュッチュッと口付けをした。

「ああ……それ……あっあっ……それっ……んんんっ」

キスをするとそのたびに渚の口から甘い悲鳴が漏れた。それと共により多量の愛液が溢れ出し、膣口がクパッと口を開けていく。膣中まで弄って欲しいと身体が訴えて来ているみたいだった。

その願いに風花は応えるように舌を伸ばす。キスだけでは満足できない。濡れる襞《ひだ》の一枚一枚を舌先でなぞるように舐めた。

「こんな……んんん！　こんなの……あああ……スゴイ！　なんかこれ……すご……くて……はっふ……んふうう！　声……変な声が出ちゃう」

甘い声。耳にしているだけで、こちらまで昂ってしまうような声だ。スカートの中のショーツが更に濡れていくのを感じつつ、愛撫をどんどん濃厚なものに変えていく。

表面を舐めるだけではなく、舌先を膣口に挿入して膣中をかき混ぜた。その上で陰核に口付けをしたりもする。口唇を強く押し当てると共に、ジュルジュルと下品な音色が響いてしまうことも厭わず啜ったりもした。

「ふう……かちゃん……それ……なんか……凄く……あっあっあっ！　すっごく……気持ち……んんん！　気持ちいい！　とっても気持ち……いいの！　よくて……よすぎて……これ……また……またぁあ！」

「イクの？　イッちゃいそうなの？」

「うんっ！　うんっ‼」

渚は否定することなく絶頂感を認める。何度も首を縦に振ってくれた。

「いいよ。イッて……ほら、これでどう？　これならいける？　んっちゅる……ふちゅる！　んちゅるるる！　むちゅるるるるるぅ！」

イカせたい。渚を絶頂させたい——どうしようもない程に想いが膨れ上がってくる。劣情の赴くままに、より激しく肉花弁を啜った。

「あああ……イク！　これ……また！　イッく！　イクの！　あああ……んぁああ！　風花ちゃん！　風花ちゃん！　ああ……ふうか……ちゃんんんっ!!」

これまで以上に可愛らしい声を渚は漏らす。同時にこちらの後頭部に手を伸ばしてきたかと思うと、強く押さえ込んできた。これまで以上に秘部に唇を押しつける形になる。渚の腰が僅かに浮いた。

「あっは……んはぁあああ！」

先程の絶頂時よりも切なげに渚の表情が歪む。ブシュッとまたしても溢れ出す愛液で顔がグチョグチョに濡れていくのを感じつつ、風花はただただより強い快感を与えようと肉花弁を啜《すす》り続けた。

「あああ……よ……かったぁああ……」

やがて渚の全身から力が抜けていく。浮いていた腰もドサッとベッドに落ちた。後頭部から手も離れていく。

「ふううう……」

大きく息を吐きつつ、ゆっくりと風花は身を起こした。

「はぁ……はぁ……はぁ……風花……ちゃん……」

そんな風花に渚が潤んだ瞳を向けて来た。

「また……ちゅー……して……」

その上でそんな言葉まで口にしてくる。

「うん。もちろん……」

自分を渚が求めてくれている。喜びが膨れ上がって来るのを感じながら、改めて風花は渚に「んんんっ」と口付けするのだった。

ただキスをするだけじゃない。強く渚の身体を抱き締める。すると渚もギュッと風花のことを抱き返してくれた。

伝わってくる体温。肢体の俵かくて心地いい感触。

(ああ……幸せだ)

最高の幸福感を覚えながら、風花はゆっくりと目を閉じるのだった。

(って……なにやってるんだ私はぁああ！)

ガバッと風花は目を覚ます。

反射的に時計へと視線を移すと、時間はあれから一時間ほど過ぎていた。満足して眠ってしまったらしい。

隣へと視線を向ける。

するとそこには渚がいた。渚は目を開けている。恥ずかしそうな表情でこちらを見つめていた。いつから起きていたのかは分からない。けれど、夢見心地という感じではなかった。事態を飲み込んでいるらしい。

「えっと……あの……その……」

こういう時、一体どんな言葉を投げかければいいのか？　さっぱり分からない。

(どうしよう？　なんか……熱に浮かされたみたいに色々しちゃったけど……流石にこれは不味すぎない⁉)

とんでもないことをしでかしてしまった。血の気が引いていく。

「大丈夫だよ」

すると、そうした風花の混乱を察したかのような言葉を、渚は口にしてくれた。

「えっと……その……凄いことしちゃったけど……今日は一日恋人ってことだったたから。だから……大丈夫。その……風花ちゃんならイヤじゃないし……。その今日だけのことだもんね。だから……問題は無いよ」

フッと笑みを浮かべて見せてくる。すべてを包み込むような包容力を感じさせる笑みだ。

何だか凄く頼もしい。まさに王子様といった感じの笑顔である。

けれど、安心なんかできなかった。それどころか、よりモヤモヤしたものを感じてしまう。とんでもないことをしてしまったのに、なかったことにしてもらう。そんなことあってはならないことだ。

だから——

「それはダメ。私は……責任を取る！」

と渚に告げた。

「責任？」

よく意味が分からない——といった様子で幼馴染みは首を傾げる。

「こんなことをしちゃった責任ってことよ。つまりね……その……私の……本当の恋人になって欲しい」

そんな渚に対して、ストレートに言葉をぶつけた。

そうだ。ここまでしてしまったのだ。だったら、最後までいく。渚と恋人同士になる。

「え……付き合うって……でも……」

「キスをして……身体まで……。それをなかったことになんかできない。責任は取らないといけない。だから……渚さえよければ私の恋人になって欲しい」

言葉を重ねつつ、渚を見つめ続ける。

その視線に渚は戸惑うような表情を浮かべた。なかなか答えを返してはくれない。迷っているように見えた。

「私が相手じゃダメ？」

もう一度尋ねる。

「ダメなんて……そんなことないよ」

「それじゃあ——」

再びベッドに横になったままの渚にのし掛かるような体勢となった。

「いいわよね？」

鼻息が届きそうな程の至近で問う。

それに対し渚は少し沈黙した後——

「…………いいよ」

と消え入りそうな声で頷いてくれた。

「それじゃあ決まりね」

笑みを浮かべる。それと共に——

「んんんっ」

これで何度目になるかも分からない口付けを交わすのだった。
こうして風花は渚と恋人同士になった。
ただ、それでも伝えられないことがあった。
渚に対する好きという気持ちだ。
キスをして身体も重ねた。それでもそれだけは言えなかった。
好きと告白する資格が自分にはないような気がしてしまったからだ。
だって、渚は絶対に自分のせいで変わってしまったのだから……。
そんなことをグダグダと考えてしまう。何だか自分が情け無かった。

第三章　恋人

——恋人？　私と風花ちゃんが恋人同士？

（とんでもないことになっちゃった）

キスをするだけではなく、流されるように身体まで重ねてしまった。その結果、風花と付き合うことにまで……。

風花と自分が付き合うなんて、昨日までまるで考えたことがなかった。確かに風花は自分にとってファーストキスの相手だ。それでも恋人にだなんて考えたこともない。まさにとんでもない事態だ。

けれど、別にイヤだとは思わない。それどころか寧ろ、風花が自分の恋人なんだと考えると、何だかポカポカと全身が温かくなる。喜びにも似た感情と言うべきだろうか？　が、ただ嬉しさだけを感じることはできなかった。

それは風花が自分と付き合うことになった理由にある。

風花は言ったのだ。責任を取る——と。

(……風花ちゃんは私のことを恋人として好きじゃない。でも、責任があるから付き合うことを決めた？　それでいいの？　それで風花ちゃんは幸せになれるの？)

なんてことを考えてしまう。

だとしたら、やっぱりお付き合いというのは辞退した方がいいのだろうか？

学校に向かう道すがら、色々考えてしまう。

唐突に声をかけられたのはそんな時のことだった。

「おはよ」

「――え？」

顔を上げる。すると駅前広場には風花がいた。

「風花ちゃん？　なんで？」

パッツン前髪に背中まで届く綺麗な黒髪――相変わらず古風なお姫様といった風貌の風花が、広場の時計前に立っている。

「なんでって……私達は恋人同士でしょ？　だったら、学校にだって一緒に行くわよ」

フフッと風花が笑う。

恋人同士――風花の口から改めてその言葉を聞いた瞬間、渚の胸はドキッと高鳴った。

心臓が早鐘のように鼓動する。身体がより熱く火照り始めるのを感じた。思わず立ち尽くし、呆然と風花に見惚れてしまう。

「どうかした？」

「え？　あ……いや、別に……」

慌てて首を横に振った。見とれてしまったなんて何だか恥ずかしいから……。

（というか、そんなことよりも……どうしよう……）

付き合うのは考え直した方がいい――と伝えるべきか？　そんなことを思考する。

「大丈夫？」

するとまた心配されてしまった。

「う、うん……大丈夫」

考えても答えは出ない。もう少し様子を見てからでもいいかも知れない――結局答えは後回しにすることにした。

「そっか……それじゃあ行こう」

風花がこちらの手を取ってきた。その上でリードするように駅に向かって歩き出す。

腕に伝わってくる風花の体温は何だかとても心地良かった。

＊

電車を降り、学校へと向かう。その間、風花はずっと渚と腕を組んでいた。

（恋人……渚が私の恋人。私達は付き合ってる）

　結構とんでもない理由で始まった付き合いだ。けれど、始まりはどうにせよ、付き合っているということに変わりはない。正直嬉しい。ずっと好きという想いはあったけれど、こうして本当に付き合うことになるなんて考えてもみなかったから……。

　一緒に並んで歩く時間——ずっと風花はニコニコしていた。

　そのまま学校に到着する。腕を組んだまま教室に入る。

　途端に、ざわあああっと教室中がざわめいた。クラスメート達の視線が一斉に自分達へと向けられる。

（ん？　そういえば……ここに来るまでの間も結構ジロジロ見られてたような）

　そこで思い出す。通学中もずっと視線を感じていたことを。一体これはどういう反応なのだろうか？

「えっと……どういうこと？　それ……」

　という心の中の疑問に答えるように、クラスメートの鈴金聖《すずかねひじり》が組んでいる腕を指差してきた。

「え？　あ、ああ！　これね」

　そこで気がつく。そりゃそうだ。自分も渚も学校ではかなり目立つ生徒だ。王子様とかお姫様とかこそばゆいけれど呼ばれている。そんな二人が腕を組んで登校してきたらこんな反応をされるのも当たり前だろう。

「実は私達……昨日から付き合うことになったんです」

みんなの驚きに納得すると、こうして腕を組んでいる理由を隠すことなく伝えた。

「えええ！」

「それ、ホントにっ‼」

答えに対し、クラスメート達のざわめきはより大きなものに変わる。みんな目を丸くして風花達を取り囲んできた。

「二人が付き合うって……え、何があったの？」

「まぁ色々です」

クスクスッと微笑みつつ、何があったのかは誤魔化す。キスで興奮して、そのまま身体を重ねてしまった結果だなんて本当のことを話すことはできないから。

そうした答えに「ほほおお！」と恋バナ大好きな年頃女子達は更に嬉しそうな表情を浮かべつつ「それじゃあ……これは教えてよ。どっちから？　告白はどっちからだったの？　やっぱり……八雲さんから？」チラッと渚へと視線を向けつつ、更なる質問を向けて来た。

「それは――」

私からだと風花は答えようとする。

「私だよ」

だが、それに対して答えたのは渚だった。

（え？　渚っ!?）

思わず渚の顔を見る。

そこで気付いた。渚の表情が変わっていることに……。

駅前で自分に見せてくれた渚の表情は、戸惑いつつもどこか嬉しそうにも感じさせてくれるものだった。昔遊んでいた時に見せてくれた顔……。

だが、今は違う。あまり感情を感じさせない顔。凛として綺麗な顔ではあるけれど、何を考えているのかがよく分からない王子様然とした表情だった。

「ああ、やっぱり！」

「きっと凄くカッコイイ告白だったんだろうなぁ」

渚のそうした表情とストレートな答えに、クラスメート達はうっとりとした表情を浮かべる。理想の王子様らしい反応にみんな喜んでいるという感じだ。

けれど、風花はみんなのように喜ぶことはできなかった。渚の言葉は事実ではないからだ。それに――

（渚らしくない）

やっぱり王子様然とした姿は、自分が知っている渚とはどこか違う。なんというか、無理をしているように感じてしまうのだ。それが何だか腹立たしかった。ただ、だからといって渚の言葉を否定することはできない。渚自身がそうすべきと判断したのだ、それに横槍を入れるのは彼女を傷つけることになってしまうかも知れない。それに、風花自身学校で築いてきたイメージというものがある。

積極的に前には出ず、一歩引く――というどこか控え目なポジションだ。これを崩すわけにはいかない。あまり積極的になりすぎると、また昔みたいなことになりかねないからだ。

（あ～、でも、昨日はちょっとそれを忘れたな）

自分から積極的に渚にキスして、更に……。

思い出すと顔が真っ赤になってしまう。

「あ、草薙さん顔が紅い」

「もしかして、告白された時のことを思い出しちゃったとか？」

クラスメート達が囃《はや》し立ててくる。当たらずとも遠からずといったところだ。

（まぁ、まさかその……しちゃったなんて想像もつかないだろうしね）

あははっと誤魔化し笑いを浮かべて見せるのだった。

*

「あ……草薙さん……重そうかも」

校内を歩いていると、友人の美樹《みき》が幸子にそんな言葉を投げかけてきた。

美樹が見ている方へと視線を向ける。するとそこには確かに草薙風花の姿があった。教師に頼まれたのだろうか？　かなりの数のノートを風花が一人で運んでいる。胸の辺りでノートを抱えているのだけれど、積み上げられたそれは風花の顔を隠すほどである。実際かなり重そうだった。

「手伝った方がいいよね」

流石に見ていられない。美樹と二人で風花に駆け寄ろうとする。しかし、それより早く一人の女子――渚が風花に近寄ると、何もいわずに無言で風花が持っているノートの半分を手に取った。

「渚？」

驚いたような顔で風花が渚を見る。

「重そうだったからね」

フッと渚は笑みを浮かべる。

口調は軽い。特別なことをしたとは渚も思ってはいないだろう。けれど、そうした仕草がなんというか、洗練されすぎている。スマートと言うべきか？　はっきりいうがその辺の男子達より遥かにイケメンである。

離れた場所で見ている幸子達でさえ、見惚れてしまう微笑みだった。

そんな渚に対し、風花も笑い――

「ありがとう」

と鈴の音のような声で告げる。

その笑顔はとても可憐だ。そんな風花にも見惚れてしまう。

「あれ……お似合いすぎない？」

「同感」

美樹の言葉に、ただ呆然と幸子は首を縦に振るのだった。

衝撃的すぎるカミングアウト以来、二人が一緒にいる姿をよく見かけるようになった。

「それじゃあ……帰ろう、渚」

風花が笑顔で渚に声をかける。

「そうだね」

頷き、一緒に歩き出す渚。

下校路を歩く二人――その姿を帰り道が同じ方向だった幸子は、美樹と共に後ろから見つめる。

常に車道側を歩く渚。風花の歩行速度に合わせて歩く渚——そのすべての仕草がまさに王子様だった。

「私もあんな彼氏が欲しいかも……」

「いや、無理でしょ。あんなイケメンな男なんて存在しないから。それに……たとえいたとしても、付き合えるのは草薙さんみたいなお姫様だけだから」

なんて軽口を美樹と叩き合っていると、渚達の前方を歩いている女生徒のポケットから何かが落ちた。風花がそれに気付き、拾い上げる。

「ちょっと待って」

女生徒に風花が声をかけた。

「これ……ハンカチ……落ちましたよ」

優しい笑みを浮かべながら、女生徒に拾ったハンカチを手渡す。

「へ……あ、ありがとう」

同性でさえ見惚れてしまう優しい表情だ。女生徒は顔を真っ赤に染めて、あわわわっと動揺する。その気持ちは幸子にもよく分かった。

「確かにそうだね……八雲さんと付き合えるのは草薙さんだけだ」

同性さえも魅了する風花の笑顔……。

あんな笑みを自分が浮かべられるとは思えない。

ああいう可憐な表情ができなければ、渚の隣に立つことなんかできないだろう。

「やっぱりお似合いだ」

「……まったくだね」

それ以外の言葉は、残念ながら思い浮かばなかった。

＊

風花と付き合っているということはあっという間に学校中に広まってしまった。自分の注目度くらい分かっていたつもりだったけれど、たった一日で誰もが知ることになるなんて想定していなかった。

二人で一緒にいる姿をみんなが見てくる。

「ホントお似合いだよね」

「学園の王子様とお姫様のカップルとか……同人誌かよ‼」

「ありがたやありがたや」

みんなが注目してくる。はっきり言ってかなり恥ずかしい事態だった。

それに、これほどまでにみんなに知られてしまった以上、やっぱり付き合うってのはおかしいよと別れることもできない。自分は何をいわれても構わないけれど、風花をマイナス方面の噂に晒したくはなかったからだ。

というワケで、風花との恋人関係はそのまま続くこととなった。

そうした二人の関係――正直いって楽しかった。それに幸せだった。

いつも二人で一緒にいる。学校に向かう時も、校内でも、下校時でも――本当に常に二人一緒だ。一緒にいて何かをするというわけではない。ただ、どうでもいい話を延々としたりするだけだ。でも、それがいい。まるで子供の頃に戻ったみたいな気がした。

そんなある日――

「これ……お弁当作って来てみたんだけど」

学食に昼食を買いに行こうとした際、風花が弁当箱を差し出してきた。

「え？　いいの？」

「もちろん。恋人同士なんだからね」

恋人同士――付き合い始めてから既に数日が過ぎているけれど、その言葉を聞くとドキッとしてしまう。何だかこそばゆいような感じとでも言うべきか。正直落ち着かない。けれど、そうした感情以上に、自分の為に風花がお弁当を作ってきてくれたということに渚は喜びを覚えるのだった。

そのまま二人で中庭に置かれたベンチに座る。

暖かな陽気のもとで大切な人が自分の為に作って来てくれた弁当を食べる。これほど幸せなことはないだろう。

だが、その幸福感は長続きはしなかった。

その理由は、風花の弁当がとんでもなく不味かったからである。

弁当の見た目自体はとても綺麗だった。色とりどりでカラフルなキャラ弁といった感じだ。しかし、味の方は見た目のファンシーさに対して極悪なものだった。一口食べた瞬間、硬直してしまうレベルである。

「美味しい？」

固まった渚に風花がどこか緊張した面持ちで尋ねてくる。

「へ？　あ……それは……その……」

なんと答えるべきだろう？　嘘はつかず、不味いとはっきり伝えるべきか？

（いや、いやいや……それはダメだ）

不味いなんていったらきっと風花は傷つく。風花の悲しそうな顔は見たくない。

「……美味しいよ」

必死に王子様らしい笑みを浮かべて見せた。

「そっか……よかったぁ」

ホッとするような表情を風花は浮かべる。

(これでよかった……よね？)

少し疑問を覚えつつも、風花が安心してくれたことに渚もホッとした。

「あれ、それ……凄く美味しそう」

そんなところにクラスメートの神奈川《かながわ》理穂《りほ》がやって来た。渚が食べている弁当に目をつけてくる。

「それにすっごく可愛い感じ。一口もらっていいかな？」

理穂はそう言うと、こちらの返事も待たずにヒョイッと玉子焼きを一つ手に取ると、あっという間にそれを食べてしまった。ゴクッとすぐに飲み込む。

結果――

「んんんんっ⁉」

驚いたような様子で理穂は瞳を見開いた。

「そ、それ……作ったの……八雲さん？」

明るかった表情が具合の悪そうなものになる。プルプルと身体を震わせながら、問いかけてきた。多分、味からきっと風花ではなく渚が作ったのだと判断したのだろう。

「……うん」

だったら勘違いさせたままの方がいい。コクッと頷いて見せた。

「やっぱりね……はは、お、美味しかったよ」

こちらの答えに理穂は必死に口元に引き攣《つ》った笑みを浮かべたかと思うと、そのまま「じゃ、じゃあね」と逃げるようにこの場を立ち去っていった。

「今の反応って……」

風花が呆然としたような表情を浮かべる。

その上でこちらから弁当を奪い取ると、自分でそれを食べた。

そして——

「嘘」

グニャリッと表情を苦しそうに歪めた。どうやら自分でも不味いと思ったらしい。

「ご、ごめんっ！　ホントごめん！　味見してなかった」

謝罪してくる。本当に申し訳無さそうな顔で……。

「その……私……料理は本当に初めてで……。まさかこんな味になるなんて……。本読みながらやったはずなのに嘘でしょ？　こんなの食べさせて本当にごめんね」

何度も頭を下げてくる。

「謝ることじゃないって」

こんな姿は見たくない。慌てて風花を宥《なだ》めた。

「その……本当に嬉しかったから。風花のお弁当を食べることができて、私……本当に嬉しかったからさ。だから、謝ることなんかないって」

それは本心だ。大事なのは味じゃない。気持ちだ。

「でも、だからってこんなの……」

本気で風花は落ち込んでいる。どうにか元気づけたい。

「だ、だったらさ……今度私は料理を教えるよ。それでその……美味しいのを作れるようにしよう。そしてまた……私にお弁当作ってよ」

必死に励ます。

「いいの？　本当に教えてくれる？」

「もちろんだって！」

コクコクと頷く。

「そっか……渚が教えてくれるんだ。だったら……やれそう。今度は絶対美味しいの作ってあげるからね」

風花は笑う。

とても可愛らしくて、綺麗な笑顔だ。その顔に、改めてドキッと胸を鳴らしてしまう渚なのだった。

＊

休日——風花の家に渚がやって来た。約束通り風花に料理を教えに来てくれたのだ。

「それじゃあ……始めようか」

エプロンを身に着けた渚が微笑みかけてくる。その顔に一瞬見とれてしまいそうになりつつも「よろしくお願いね」と大切な恋人に伝えた。

二人でキッチンに並んで立つ。

(なんかこれ夫婦みたいね)

夫婦——自分と渚が……。

考えると何だか嬉しくなってくる。

喜びを胸に抱きつつ、渚が教えてくれる通りに作業を進めた。

結果——

「嘘……これ、凄く美味しい」

できあがった料理に口をつける。先日の弁当とは比べものにならない程に美味しい。まるでお店の料理を食べているみたいだ。

「こんなに美味しくできるんだ」

「まぁ、しっかり分量とか量《はか》ればそれなりのものはね。それに風花ちゃんって結構器用だから、慣れればこんなの簡単だよ」

　フフッと渚が微笑みかけてくる。

「簡単って……そうは言うけど、一人じゃ絶対こんな美味しいの作るの無理だった。全部渚のお陰。ありがとう」

「え……あ……その……う、うん」

　礼の言葉を口にすると、渚は恥ずかしそうに顔を真っ赤に染めた。何だかとても可愛らしい。思わず抱き締めたくなってしまう。ただ、今は食事中なのでなんとかわき上がってくる感情を抑え込む。

「そういえば渚……凄く料理の手際がよかったけど、家でも作ってるの？」

　膨れ上がる想いを誤魔化すように尋ねた。

「うん。私……結構料理好きだから。家の食事は朝晩、どっちも私が作ってる。休日で家にいる日ならお昼もかな」

「そうなんだ」

　筋金入りの料理好きらしい。

「ん……でも待って？」

そこで疑問を覚えた。

「それだけ料理好きなのに、お昼はいつも学食だよね？　自分でお弁当作ろうとは思わないの？　朝、忙しいとか？」

「いや、別に忙しくはないかな。朝食のついでに作ればいいだけだし。でも……その、自分で作ったお弁当を持ってくのって……私らしくないでしょ？」

などという答えを渚は返してきた。

(私らしくない？)

答えの意味が理解できない。

風花からすれば実に渚らしい行動だと思うのだけれど……。

と、そこまで考えたところで、気がついた。私らしくないということが、学園の王子様らしくないということに繋がるのだと……。

「それって……みんなが思う渚らしくないってこと？」

「……まぁ、そうなるかな」

何げない風に渚は頷く。

ただ、彼女が浮かべる表情は、どこか寂しそうなものにも見えた。

「それって……無理してるってこと？」

更に問いを重ねてしまう。

「え？　あ……別にそんなことない。私は無理なんかしてないよ」

慌てた様子で渚は否定してきた。

その答えに何だか風花は苛立《いらだ》ちを覚えてしまう。渚は否定したけれど、やっぱり無理をしているようにしか見えなかったからだ。だが、だからといって更に突っ込んでこの件について尋ねることもできない。何を聞いてもきっと渚は否定するだろうから……。

（知りたいんだけどな……渚の本当の気持ちを……）

渚は自分の恋人だ。けれどまだ、二人の間には大きな壁のようなものがある気がした。その壁を取っ払いたいと思う。しかし、どうすればそれをなくせるのかが分からない。

（もっと……もっと渚との心の距離を詰めることができたら……その壁はなくなる？）

わかり合いたい。渚と……。

そうした思いが膨れ上がっていく。

「ねぇ……渚……」

そんな想いに後押しされるように、昼食を食べ終えると、渚との距離を詰め――

「んんっ」

キスをした。

突然の口付けに渚は驚いたような様子で瞳を見開く。だが、だからといって行為の中断などしない。渚の身体を抱き締めると、口内に舌を挿し込んだ。そのまま舌を蠢かして口腔をかき混ぜる。唾液と唾液を交換するような濃厚な口付けだった。

「んっふ」

チュプッと唇を離す。

「い……いきなり……なに？」

呆然とした様子で渚は尋ねてきた。

その頬は紅潮している。瞳は潤んでいる。艶やかで、女を感じさせる表情だった。

「何って……折角家で二人きりだから……。色々渚としたくて」

口付けを繰り返せば、身体を何度も重ねれば、渚との距離を詰めることができるかも知れない。自分に心を開いてくれるかも知れない。だから……。

「また……渚としたいの」

気持ちを素直にぶつける。真っ直ぐ渚を見つめながら……。

その言葉に渚は少し迷うような素振りを見せたけれど「……分かった」とやがて頷いてくれるのだった。

＊

風花は自分のことを本当はどう思っているのだろう？

確かに風花からの申し出で恋人同士にはなった。けれどそれは責任を取るという理由からだ。恋人というのは本来好きな人同士がなるものである。風花はそう言う意味で自分を好きでいてくれるのだろうか？

(風花ちゃんが今みたいに変わる原因を作ったのは私だ。私が早く助けなかったから。そんな私を本当に好きでいてくれている？)

それが分からない。だからそれを知りたかった。

その為にはどうすればいいのか？　もっと風花との間にある距離を詰めれば知ることができるかも知れない。

そう思って風花を受け入れた。

「んっちゅ……はちゅっ……ふちゅううっ」

風花の部屋にて改めてキスをする。互いの口腔に舌を挿し込むような深いキスを。

そうして口付けを続けつつ、風花はこちらの服に手をかけてきた。舌を蠢かしながら、器用に脱がせてくる。服も下着も、すべて剥ぎ取られた。幼馴染みの部屋にて、生まれたままの姿に変えられてしまう。

「凄く……綺麗」

露わになった肌を見て、うっとりと風花がそう口にしてきた。

「恥ずかしい」

自分のすべてを見られているかのような気分になる。顔から火が出そうな程の羞恥を覚え、両手で乳房や股間部を隠した。

「ダメ……見せて。渚の全部を……」

こういう時、風花はかなり積極的だ。隠すことを許してくれない。学校では慎ましやかなお姫様といった様子なのに、二人きりだと本当に積極的だ。

「これで……いい……？」

風花の言葉には何だか逆らえず、両手をどかした。

ツンと上向いた乳房や、キュッと引き締まった腰、薄めの陰毛に隠された秘部を、部屋の中央に立った状態で風花に対して曝《さら》け出す。そんな肢体を風花はどこか熱が籠もった視線でジッと見つめて来た。

全身を見られている。視線が肌をなぞってきているのが分かる。

それを感じているだけで、何だかジンジンと身体が疼き出すのを感じた。全身が熱く火照っていく。

「その……私だけなんて恥ずかしい。風花ちゃんのも……見せて欲しい」

そうした感覚を誤魔化すように、風花に告げた。

それに風花は一瞬驚いたような表情を浮かべる。だが「確かにそれもそうね」とこちらの願いを受け入れてくれた。

風花も身に着けていた衣服に手をかけると、自らそれを脱ぎ捨てる。渚の前に、下着姿を晒してくれた。

スポーツブラやショーツを身に着けている自分とは違う。露わになった風花の下着は、レース製で意匠も凝ったものだった。色は紺。落ち着いた感じだけれど、どこか艶めかしさを感じさせる下着だ。

下着姿の風花をまじまじと見る。

スレンダーな自分とは違い、かなり肉付きがいい身体付きだった。乳房も豊かだ。自分より2カップくらい大きい気がする。ヒップもかなり張りがある。桃のように弾力性がありそうなお尻だ。それでいて腰はキュッと引き締まっている。身長こそないものの、まるでグラビアモデルのようなスタイルだった。同性だというのに、その艶やかな身体に思わずゴクッと息を呑んでしまう。

「あんまり見られると恥ずかしいわね」

羞恥を誤魔化すようにクスクスと風花は笑いつつ、下着さえも外した。

ブルンッと弾けるように乳房が露わになる。丸みを帯びた胸。乳輪や乳頭は綺麗なピンク色だった。

そんな乳房の下――秘部もとても綺麗だ。渚よりも少し陰毛は濃い。けれど、綺麗に処理されている。作り込まれた裸婦像のように美しい。思わず渚はもう一度息を呑んだ。

「渚……」

ゆっくりと裸の風花が近づいて来る。

当然のようにこちらの身体をギュッと抱き締めてきた。

「あっ」

柔らかな身体の感触が伝わってくる。乳房と乳房が触れ合う。とても温かい。密着する肌――それを感じると、それだけで何だか愉悦にも似た感覚が走り、思わずビクッと身体を震わせつつ、甘い悲鳴を漏らしてしまった。

「渚って敏感？」

耳元で囁《ささや》いてくる。吹きかかる吐息――感じた途端、ゾクゾクとしたものが肢体を駆け抜けていった。身体中から力が抜けそうになる。確かに自分は敏感なのかも知れないと思ってしまうような反応だった。

「そんな……ことは……」

とはいえ、認めることなどできない。ヒクヒク肢体を震わせながら否定する。

「本当に？」

すると風花は悪戯っ子のような表情を浮かべ、首筋に唇を押し当ててきた。そのまま激しく吸い立ててくる。

「あっ……んっく……はっ……あっは……はぁっはぁっ……んんんっ」

首筋が紅く鬱血してしまう程の吸引。それが何だか心地いい。思わず全身をヒクヒク震わせながら、明らかに愉悦の吐息としかいえないような声を渚は漏らした。

そうした反応を観察しつつ、風花は更なる愛撫を行ってくる。

ただ肌を吸ってくるだけではない。舌を伸ばして、柔肌を舐めるなんて行為まで行ってきた。レロッレロッと首筋を幾度も舐めてくる。いや、首筋だけじゃない。再び耳に唇を近づけてきたかと思うと、ハムッと耳朶《みみたぶ》を甘噛《あまが》みして来たりもした。

「んんん！　やっ……それ……んっは……あんん！　なんか……変な声……出ちゃう」

それらの行為に肉体は過敏に反応してしまう。ただでさえ感じていた身体の火照りがより大きなものとなり、膝がガクガクと震えてしまった。

「ほら、やっぱり敏感」

風花は渚が見せる反応に嬉しそうな表情を浮かべたかと思うと、耳朶や首筋へのキスや舐りを続けつつ、手で乳房を揉みしだくなんて行為までしてきた。しかも、ただ胸を愛撫してくるだけでは終わらない。優しい手つきで身体中を撫で回したりもしてくる。太股に指を食い込ませ、括《くび》れを何度も揉んで来る。かと思うと背筋をツッとなぞるなんてことまで行ってきた。

「それ……んんん！　なんか……スゴイ。だ……ダメ。風花……ダメだよこれ」

「ダメ？　何がダメなの？」

「何がって……だって、私……何か凄いのが……んんん！　少し……はっふ……んんんっ……少し弄られるだけで、凄いのが来ちゃうの……」

激しさはない。どこまでも優しい愛撫だ。しかし、それでも十分すぎる程に肉悦を感じてしまう。確かに渚の身体は敏感だった。当然のように絶頂感までわき上がってくる。

「それってイキそうってこと？」

ボソリッと耳元に向けられる言葉。吐息と共にどこか淫靡さも感じさせる風花の声を聞くと、それだけでも更に愉悦が増幅していくのを感じた。

「そ……う……。んっふ……はふうう！　そうなの……あっあっ……私……簡単に……だから……これ……やめて……」

風花の言葉を否定できない。何度も首を縦に振る。実際、いつ達してしまってもおかしくない程に、僅かな愛撫で感じてしまっていた。

感じることは気持ちがいい。でも、感じ過ぎるのは何だか怖い——だから風花に対してやめてくれと訴える。

「いいよ。我慢しないで……イッて。イク姿を私に見せて」

しかし、恋人は止まってなどくれなかった。

それどころか、手を下腹部に伸ばしてきたかと思うと、秘部に指を添えてきた。ワレメを左右に開き、肉花弁に細指を押しつけてくる。途端にグチュリッと卑猥《ひわい》な水音が響いた。キスと僅かな愛撫——それだけですっかりあそこは濡れそぼってしまっている。

「渚……渚……」

もちろん触れてくるだけではない。擦り始めて来る。ワレメを何度も指で上下になぞってきた。ヒダヒダの一枚一枚を指で擦り上げて来る。陰核を転がすように刺激を加えてくる。当然同時にキスだって……。

「んっふ……はふっ……んふうう……。んっんっ……んふうう」

口付けと愛撫が同時に行われる。それが心地いい。口腔に舌を挿し込まれつつ、秘部をグチュグチュと弄られると、まるで頭の中まで舌や指でかき混ぜられているかのような感覚が走った。

愉悦がどんどん膨れ上がっていく。抑えがたい程に絶頂感が肥大化してくるのが分かる。

「これ……んんんっ……だ、ダメ……あっあっ……もう……私……風花ちゃん……もう……

……無理っ」

「うん……さぁ、見せて……。気持ちよくなってるところを」

言葉と共に風花はギュッと強く渚の身体を抱き締めてきた。肌と肌がより強く密着する。

まるで自分のすべてが風花に包み込まれていくかのような感覚だった。

本当に幸せな感覚だ。もっと強く、もっともっと抱き締めて欲しい。ずっとこのままでいて欲しい。好き。これ、大好き……。

（ダメ……い……イクッ）

この快感に抗《あらが》うことなどできるわけがなく――

「あっあっあっ――はぁあああああ……」

身体中を激しく痙攣《けいれん》させながら、風花の腕の中で渚は絶頂に至った。

「んん……あふぅうう……」

身体中から力が抜けていく。立っているのも辛くなってしまう。

すると、そうした想いを理解しているかのように、風花は渚の身体をベッドに押し倒し

てきた。背中に柔らかなベッドの感触が伝わってくる。鼻腔を風花の匂いがくすぐってくる。嗅ぐだけで何だかうっとりしてしまう自分がいた。

「気持ちよかった？」

「……よかった」

熱に浮かされたように頷く。

実際本当に気持ちがよくて、幸せだった。

「そっか……ならよかった。でも、まだ満足しないでね。もっともっと気持ちよくしてあげるから。それに……今日は私のことも感じさせて欲しい。渚の手で、私のことも気持ちよくして」

「私が……風花を気持ちよく？」

「そう……ほら」

そう言うと風花は渚の頭の上に跨《また》がってきた。目の前に風花の秘部が突き付けられる。自分より少し濃いめの陰毛に隠されたそこは、既にクパッと左右に開いていた。ピンク色の柔肉が覗き見えている。呼吸に合わせるようにゆったりと蠢く肉襞の表面は、愛液によってぬれそぼち、テラテラと輝いていた。

「弄って……私のここ……」

　口にしつつ、円を描くような動きでゆっくりと腰を振って見せてくる。とても淫靡な動きだ。同じ女の子なのに、何だか劣情を刺激されてしまう。

（弄る……ここを……風花の大切なところを……）

　マジマジと秘部を見る。とても綺麗だ。本当に花弁のように見える。溢れ出している愛液は蜜と言ったところだろうか？

　そこから溢れ出す甘ったるい風花の匂い。嗅いでいるだけで何だか頭がボーッとし、達したばかりの肉体がまたしても疼き出すのを感じた。

「風花……んっちゅ……ふちゅうっ」

　膨れ上がる欲望に引っ張られるように、風花の秘部に口付けする。唇に温かな秘部の熱気が伝わって来た。

「あんんっ」

　風花の腰が跳《は》ねる。甘い声が漏れ、ジュワアアッとより多量の秘部が溢れ出した。

「あ……気持ちよかったの？」

　思わず尋ねる。

「うん……ちょっとキスされただけなのに……凄くよかった」

　快感を否定することなく風花は認めてくれる。それが何だか嬉しい。

「風花ちゃん！」

自分の口づけで風花が感じてくれた。もっともっと気持ちよくしてあげたい――想いが溢れ出す。そんな思考に抗いはしない。

「ふっちゅ……んちゅう！　ちゅっちゅっちゅっちゅっ……ふちゅうう」

ただ本能が赴くままに、繰り返し繰り返し秘部に口付けした。

「あっ！　それ……んんっ！　いいっ！　渚……それ……凄くいいよ」

敏感に風花は反応してくれる。口付けのたびに、甘い嬌声を聞かせてくれる。

(キスだけじゃダメ)

けれどまだ足りない。もっともっと強い快感を刻み込みたい。

そんな想いのままに、より愛撫を激しいものに変えていく。欲望のままに舌を伸ばすと、前に風花がしてくれたことを思い出しながら、ペロペロと肉花弁を舐めた。技巧などなにもない。本当に本能だけの舌奉仕だ。

しかし、それでも十分すぎる程に風花は感じてくれる。襞を舐め、膣口に舌先を挿入し、陰核を転がすように刺激するたび、身体中をヒクヒク震わせてくれた。

「これ……本当にいい。渚にしてもらってるって考えると……何だか私も凄く敏感になる。簡単にイッちゃいそうなくらい感じちゃう」

イク——その言葉が脳内に響き渡る。

イかせたい——そう思った。自分の口で達する風花の姿が見たいと。

「いいよ……イッて……風花……んっちゅ……れっちゅ……ふちゅうう」

溢れ出す愛液で自分の顔が濡れてしまうことも厭わない。より強く花弁に顔を押しつけ、滅茶苦茶に舌を蠢かしまくった。

「はぁあ……激しい。激しくて……ホントに……んんん……耐えられそうに……ない。でも……んんんっ……でもね……あっは……はぁああ……はぁっはぁっはぁっ……まだ……まだよ。まだイカない」

だが、風花は絶頂感に抗おうとする。

「まだ？　どうして？」

「どうしてって……イク時は……んんん！　わた……し、だけじゃなくて……あっあっあっ……渚と……渚とも一緒にイキたいから……だから……だからね」

息を荒いものに変えつつ、風花は上半身を倒した。渚の股間部に顔を寄せてくる。もちろんただ寄せてくるだけで終わりではない。

「んっちゅ……ふちゅううっ」

渚がそうしているように、風花も秘部に口付けしてきた。当然舌を伸ばしてくる。ペロペロと陰部を舐め回してくる。

「んっは……あっ！　んんん！　あふっ！　それ……あっあっあっ！」

先程達したばかりで敏感になっている陰部に刻まれる新たな快感。すぐに渚は喘ぐことなってしまった。

「さぁ……感じて……またイクところを見せて」

渚の反応に嬉しそうな表情を浮かべつつ、舌の動きをより淫靡なものに変えてくる。グチュグチュ、ピチャピチャという淫猥な水音を響かせ、新たな快感を刻んできた。

「それ……あっあっ……すご！　んっひ！　はひぃい」

バチッバチッと視界に火花が飛び散る。強い快感。

「これ……イク！　また……私……簡単にイッちゃう！」

すぐさま絶頂感がわき上がって来るのを感じた。

（でも……ダメ。まだ……ダメ！）

しかし、耐える。抗う。簡単に絶頂はしない。

想いは風花と同じだったからだ。

自分だけでイキたくはない。風花にも同じような快感を覚えて欲しい。イク時は一緒がいい——そんな想いが膨れ上がってくる。

そうした想いを行動で伝えるように、肉悦に悶えながらも目の前の秘部に対する愛撫を行った。風花の動きにシンクロするように、ヒダヒダを舐める。口唇を強く押しつけ、激しく啜り上げる。

「んんん！　いい……渚……いい！　凄く感じる。感じ過ぎて……はぁああ……私……もう我慢できない……かも……あっあっあっ」

「わた……しも……んんん！　私もまた……イキそう。一度イッて……敏感になってるせいで……全然我慢できそうにない。だから……だからぁあ！」

一緒！　私と一緒に……。

「うん……イこう……一緒に……渚……渚っ！　んっちゅ……ふちゅう！」

「風花……ちゃん……風花ちゃん！」

互いの名を呼び合いながら、互いの敏感部に快感を刻み合う。ひたすら口付けを繰り返す。そのまま二人同時に、止めとばかりに陰核を激しく啜り上げた。

瞬間、目の前が真っ白に染まり――

「イッく！　ああぁ……イクっ！　風花ちゃん……また私……イクッ！　イクの!!　イクイク――イッちゃう……のぉおお！」

絶頂感が弾けた。

「あぁあ……私も……私もイク！　渚と一緒に！　あっあっ！　イク！　気持ちいい！　これ……凄く……いいっ！　いいのぉおっ!!」

シンクロするように風花も絶頂に至る。

互いの股間部に口付けしながら、二人揃って強烈な絶頂感に全身を震わせた。

秘部からはブシュッと愛液が飛び散る。風花の顔を濡らしつつ、自分の顔も濡らされた。

そんな状況に堪らない程の幸福感を覚えながら――

「あっは……はぁあああ……」

うっとりとした吐息を渚は漏らすのだった。

「はぁはぁはぁ……渚……」

同じように弛緩したような表情を浮かべた風花が自分の上から離れると、今度は股間ではなく顔を寄せてきた。

「……風花」

互いに見つめ合う。

そのままどちらからともなくキスをした。

「ふっちゅ……んちゅ……はちゅうう……」

キスは一度だけじゃない。何度も何度も啄《ついば》むように口付けを交換する。

伝わってくる唇の感触。それを感じるたびに、何だか胸が温かくなるような感覚を抱いた。

（なんだろう？　この気持ち……。こんな気持ち……今まで感じたことない……）

切なさを伴ったその感情は、風花が自分の恋人になったのだと考えた時に感じたポカポカとした感情を、数倍にも数十倍にも増幅したかのようなものだった。

生まれて初めて感じる感覚……。

この感情の正体がなんなのかは分からない。でも、嫌いではない。寧ろ好き。この感覚をもっと味わいたい――そんな想いまでわき上がってくる。

そんな気持ちを風花にも伝えるように、より強く、より深く、渚はキスをするのだった。

第四章　本当の貴女を見せて

――隠さないで欲しい。本当の自分を曝け出して欲しい。渚のすべてを私は見たい。

（……自分が一番気に入ってる服装――か）

今日は風花とデートだ。

約束をした際、風花に「渚が一番好きな服で来て欲しい」と言われてしまった。

クローゼットを開け、かけられている服を見つめる。正直どれを着るべきか、渚は迷っていた。一番気に入っている服なんてないからだ。全部みんなの理想の自分でいるために買った服。これならそれっぽいだろうな――とかいう理由で選んだ服だ。気に入ったから買ったわけじゃない。

唯一気に入っているのは、風花と今みたいな関係になる原因になった例の服だ。けれど、それを着ていくわけにはいかない。そんなの自分らしくないから。

というわけで悩んだ末、渚は無難なワイシャツとジャケット、それにパンツという普段とあまり変わりがない服を選んだ。

モデルのような格好――そんな服装で駅前に向かう。

待ち合わせ時間の三十分前だ。けれど、待ち合わせ場所であるいつもの時計の前には、既に風花がやって来ていた。

待っていた風花はチェック柄のワンピースを身に着けている。再会した後の風花らしい可愛らしい服装だ。学園のお姫様にはよく似合っている服だと思う。一瞬見惚れてしまう程である。

けれど、どうしてだろう？　可愛くて似合っているというのに、少し渚の胸は痛んでしまう。風花が変わってしまったことを突き付けられているような気がしたからだ。昔の自分がもう少し早く風花を助けていればこうはなっていなかったかも知れない。そう考えると何だか寂しさを感じた。

「風花……おはよ」

そう言う気持ちを押し隠して風花に声をかける。

「ん？　ああ……おはよう」

風花も顔を上げ、挨拶を返してくれた。

それと共にこちらの服装をマジマジと見つめて来る。

一瞬、風花の眉間に皺が寄った。それと共に僅かだけれど寂しそうな顔をする。

「どうかした？　もしかして……似合ってない？」

少し焦ってしまった。

「別に……そんなことないわ。凄く似合ってるわよ」

だが、風花はすぐに笑みを浮かべてくれる。

「流石は学園の王子様って感じね。本当に似合ってる。凄く格好いいと思うわ」

「そ、そうかな……」

学園の王子様——そう呼ばれることに慣れた気ではいたけれど、風花に改めて言われると何だか恥ずかしくなってしまう。こそばゆさのようなものさえ感じつつ「そう言う風花も凄く可愛いよ」と風花の服装を褒めた。

「ありがと。そう言ってもらえると嬉しいわ。さって、それじゃあ行きましょうか。今日はお店開いてるみたいだしね」

そういうと風花は渚と腕を組んできた。

腕を組んで歩く——付き合い始めてからはほぼ毎日していることである。だというのに何故だろう？　腕に伝わってくる風花の柔らかさとか温かさを感じると、ドキッと胸を高鳴らせてしまう自分がいた。全然慣れない。それどころか、動揺は胸の鼓動は日に日に大きくなっている気がする。一体どうしてなんだろう？　ドキドキするこの感情の正体って一体何なんだろう？

「どうかしたの？」

こちらの様子がおかしいことに気付かれてしまう。

「どうもしてないよ。なんでもないよ。だからさぁ、行こう」

「そう？　ならいいけど」

慌てて誤魔化しつつ、風花をリードするように渚は歩き始めるのだった。

＊

自分が一番気に入っている服でデートして欲しい——そう風花は渚に頼んだ。

その結果、渚が身に着けてきた服は、普段とあまり変わりがないものだった。

できればあの日みたいな——デートの約束をした日に身に着けていたような女の子らしい服で来て欲しかったのだけれど……。

（まぁそんなに分かりやすかったら苦労はしないか。それに……）

本当にこういう格好が好きという可能性だってある。

（それでも、多分……きっと違うと思う）

渚の本質は昔と変わっていないはずだ。

再会してから今日までの間、渚のことをずっと見てきた。確かに表面上は王子様のようにしか見えない。誰に対しても見せる紳士的な態度は実に堂に入ったものだ。ただ、それでも、それが本当の渚の気持ちではないと思うのだ。

(なのに頑《かたく》なにこのスタイルを崩さない。それはやっぱり昔のことがあったからだよね?)

自分のせいで渚は変わってしまった。だったら、自分が元に戻してやらなければならない。それが風花の想いだった。

というワケで、初めてデートをした時には寄ることができなかった店へとやってくる。可愛い系の小物や雑貨が置いてある店だ。

「へぇ……ここ、思った以上に可愛い感じね」

入店する。

途端にぬいぐるみやらピンク色を中心とした小物やらが視界に飛び込んできた。なんというか、チカチカとして、結構目に痛い感じである。

(う~ん、やっぱりこういうの苦手かも)

基本的に自分の部屋に置いてあるものとあまり変わりはない。だが、正直ここまで可愛いを前面に押し出されると、何だか引いてしまう。

変わらなければと思って、こういうグッズに無理矢理手を出してはいるものの、やっぱりあまり好きではなかった。

そんなことを考えながら、チラッと横にいる渚へと視線を向ける。一体渚はどういう反応をしているだろう？

（って……うわっ！）

彼女を見た途端、正直驚いてしまった。

理由は単純だ。目がキラキラと輝いていたからである。

いや、実際、ぱっと見ではあまり違いは分からない。それ程小さな変化だった。しかし、伊達に幼馴染みというわけではない。僅かだけれど、風花には分かるのだ。

「なんか……風花ちゃんの部屋みたいだね。やっぱり……こういうお店……好きなの？」

「……まぁね。渚も好き？」

質問に頷きつつ、質問を返す。

「嫌いじゃない……かな」

渚の答えは遠回しなものだった。けれど、表情ははっきり「好き」だと訴えて来ている。

やっぱり渚の本当のところは昔と変わっていないのだろう。

「それじゃあちょっと見て回ろうか」

「だ……だね」

どこか動揺した様子で渚は頷く。店内を見回すその視線は、何だか落ち着きがないもの

だった。色々見て回りたいと、視線や表情で伝えてくる。　思わず風花はクスクスと笑ってしまった。

「なに？　どうかしたの？」

「別になんでもないわ。それより……あれ、どうかな？」

誤魔化すように商品棚に向かって歩き出した。

＊

(可愛い。可愛い……可愛いっ!!)

ファンシー雑貨店『ガーデン』――前から来てみたかった店である。だが、これまで一度も店内に足を踏み入れたことはなかった。誰かに見られてしまう可能性があったからだ。けれど、そのことを今更だが後悔してしまう。実に自分好みのグッズばかりが置いてある店だったから……。

(ううん……違う。この店に来なかったのは正解だ)

だって、こんな店に来ても何も買えないなんて拷問みたいなものだから……。

そう、この店のグッズを買うわけにはいかないのだ。理由は単純――一つでも我慢することをやめてしまったら、なし崩し的にもう一個もう一個と買うものが増えてしまうだろうから。そうなると、王子様である自分を保てなくなってしまう。だから我慢は正解だったのだと思う。

しかし――

(来ちゃった。ここに……。あああ、凄い。こんなのまであるんだ)

並べられた商品をギラギラとした目で視てしまう。兵糧攻めをされた後の城方の兵士のような反応とでも言うべきか？　口端からは涎《よだれ》まで垂れ流れてしまいそうな勢いだった。

「これ、風花ちゃんの部屋に似合いそうだよね」

だが、表面上はそうした興奮を必死に隠す。必死に冷静さを装った。こういうグッズにはあんまり興味はないというように。少し申し訳ないけれど風花をダシにさせてもらう
(風花ちゃんというワンクッションを挟むことで、少し頭を冷静にする！)

というのが狙いだ。

そのお陰か、少しだけ興奮が収まってくる。

だが――

「――え？」

それを見た瞬間、自分の本性を隠さなければと言う思いはあっさりと吹き飛ぶこととなってしまった。

置いてあったのは熊のぬいぐるみだ。ただ、ぬいぐるみではあるのだけれど、顔は妙に

リアルである。身体はよくあるぬいぐるみという感じなのに、顔だけは妙に劇画タッチだ。名前は『クマ太郎君人形』。絶妙にダサい。けれど、そのダサさとか、身体と頭のアンバランスさがなんというか――

「可愛い」

思わず呟いてしまうほどだ。

「え⁉」

驚いたように隣の風花が目を見開くけれど、彼女の反応を気にする余裕などない。完全に渚はクマ太郎君に一目惚れしてしまっていた。呆然としつつ、ゆっくりと手を伸ばす。クマ太郎君を手に取ろうとする。

「欲しいの？」

だが、それを掴《つか》む瞬間、風花の声が耳に飛び込んできた。

「――へ？」

我ながら間抜けな声を漏らし、風花へと視線を向ける。

「それ……欲しいの？」

改めて尋ねられた。

そこで正気を取り戻す。

「あ……いや、別に……そう言うわけじゃない。ただその……なんていうか、ちょっと変なぬいぐるみだから、手に取ってみたくなっただけ。それだけ」

アハハハハッと慌てて誤魔化し笑いを浮かべて見せた。

途端に風花の表情が変わる。なんというか「しまった！　しくじった‼」とでも言いたげな表情だった。

「風花ちゃん？」

思わず尋ねてしまう。

すると風花は「別になんでもない」といって笑顔を向けてくるのだった。

そんなやり取りをした後、店を出る。

「えっと……次はどこに？」

デートはまだ始まったばかりだ。

「……ごめん。ちょっとお手洗い」

問いに対する返事はそんなものだった。トイレでは仕方ない。

「あ、うん」

「さっきのお店で借りてくる」

そういうと風花は『ガーデン』へと戻っていった。

それからだいたい十分後、風花が店から出てくる。

「おかえ――」

り――と言おうとして、途中で渚は言葉を止めた。風花が大きな紙袋を持っていたからだ。どうやらトイレのついでに何かを買ってきたらしい。

「それは？」

「これ？　これはね……はい、プレゼント」

紙袋を差し出してくる。

「プレゼントって……私に？」

「折角のデートだからね」

「えっと……その……ありがと」

驚きつつも受け取る。折角風花が買ってきてくれたのだから断ることなんかできない。でも、一体何を買ってきてくれたんだろう？

「見てもいい？」

「もちろん」

ニッコリと風花は笑みを向けてくる。そんな彼女の表情にドキッとしつつ、紙袋の中のものを取り出した。

「これっ！」

それを見た瞬間、思わず声をあげてしまう。紙袋の中から出てきたものは、クマ太郎君人形だった。思わずマジマジと見つめてしまう。

「欲しかったんでしょ？」

風花が微笑んでくる。

「でも……」

欲しいの？　と聞かれた時、自分は「そう言うわけじゃない」と答えた。それなのにどうして？　そんなことを問いかけるような視線を向ける。すると風花は「それくらい分かるわよ。一応恋人なんだからさ」なんて言葉を向けて来た。

微笑を浮かべるその顔に――何だか見惚れてしまう。

風花の服装は昔と違って大変可愛らしいものだ。学校での態度もおしとやかなもので、物静か。本当にお姫様のようだ。でも、自分に向けてくる表情は、そんな学校でのものとは違う。なんというか、そう、まるで渚にとってのヒーローだった頃に戻ったみたいな顔。

そうした姿に、渚は早鐘みたいに心臓をドキドキと鳴らしてしまう。

その刹那――

「渚っ！」

ここはまだ街中だというのに、ギュッと風花が自分を抱き締めてきた。

「ふ……風花っ⁉」

あまりに突然過ぎる行動に思わず目を見開いてしまう。

「……ごめん。我慢できない」

（我慢？　何を？　どういうこと？）

何だかわけが分からず混乱してしまう。

すると風花はそんな渚の唇に自身の唇を重ねてきた。

「んっ……んんんっ」

繁華街での突然のキス。周囲には通行人だっている。みんな驚いたような顔でこちらを見ていた。はっきり言うが滅茶苦茶恥ずかしい。けれどどうしてだろう？　恥ずかしいはずなのに、やめて欲しいとは思えない。それどころか寧ろ喜びを覚えてしまう。

嬉しい。嬉しい。嬉しい――膨れあがってくる想い。そうした感情に押し流されるかのように、ゆっくりと渚は瞳を閉じると、風花の口付けを受け入れるのだった。

＊

（可愛すぎでしょ）

自分の目の前で渚が顔を真っ赤に染めている。本当に嬉しそうな顔で、ぬいぐるみを見つめていた。普段渚はいつもどこか涼しげな表情を浮かべている。まさに王子様といったような顔を……。けれど、今は違う。年相応の女の子らしい顔だった。

そんな顔を見ているとそれだけで愛おしさが膨れあがってくる。ただ見ているだけでは我慢なんかできない。抱き締めたい。渚をギュッとしたい――などという欲望が膨れあがってくる。

（でも……ここ、街中で……。いや、だけど……無理でしょ。こんな可愛い渚を前にして我慢とか……できるわけないでしょっ!!）

誰かに見られるという恥ずかしさよりも渚を感じたいと言う想いが勝る。わき上がる感情に逆らうことなんかできない。躊躇することなく「渚っ！」と抱き締めた。

「ふ……風花っ!?」

流石に渚は驚いたような表情を浮かべる。落ち着きが無さそうな様子で周囲を見回しつつ、風花の腕の中で藻掻《もが》いた。やはり人の目を気にしているのだろう。表情にも羞恥の色が浮かんでいる。

その気持ちは風花にだって分かる。見られていると考えると、こちらだって恥ずかしい。

しかし、抱き締めた渚を離そうとは思わない。それどころかより強く抱き締めると――

「……ごめん。我慢できない」

という言葉と共にキスをした。

唇に伝わってくる渚の感触。本当に心地いい。唇と唇を重ねているだけで、何だかとても幸せな気持ちになれる。ずっとこうしていたい——想いに心も身体も支配されていく。

ただ唇を重ねるだけでは満足できない。もっと……もっと深く……。

感情の赴くままに舌を差し込むと、渚の口内をかき混ぜた。唾液と唾液を交換するような深いキスである。それに対し、渚は最初抵抗するような素振りを見せてきた。風花の腕の中で身じろぎをする。藻掻く。だが、離すつもりはない。逃がすつもりだってない。もっともっと強く恋人の身体を抱き締め、より深く口付けをした。自分の想いを伝えるような濃厚なキス——そのお陰だろうか？　やがて抵抗を諦めたように、全身から力を抜いてくれた。

いや、ただ脱力するだけではない。

差し込んだ舌に舌を絡みつけてくれる。

(応えてくれてる。私のキスに渚が……)

凄く嬉しい。

心の奥底から喜びが膨れ上がって来るのを感じつつ、口付けを続けるのだった。

「もう……だからごめんって！」

散々キスを続けてからしばらく後、一緒に入ったスポーツ用品店――初めてデートした際に寄った店だ――にて、風花は何度も渚に謝罪をした。謝罪の理由は当然キスの件についてである。

「知らない！　あんなところでするなんて！　本当に恥ずかしかったんだから!!」

結構渚はご立腹だ。

しかし――

「でも、気持ちよかったでしょ？　してよかったでしょ？」

と尋ねると、口元を緩めて渚は笑ってくれる。先程のキスを思い出して相好を崩しているといった感じだ。

「ほら、やっぱり！」

「やっぱりって！　たたた……確かにキスは気持ちよかったし……その、幸せだったけど、それとこれとは話が違うの！　あんなところでするなんて間違ってるんだから!!」

ムキーッと怒る渚――そうした態度も可愛らしい。

また少し、渚との距離を詰めることができた気がした。

ただ、とはいっても、渚はやはり表面上は王子様然とした態度を崩してはくれない。まだ本当の気持ちを隠しているといった様子だ。

（そこまで意地にならなくてもいいのに……）

なんてことを考えながら、店に並んでいる服へと視線を向ける。

（あ、このジャージ……結構いい感じ）

一着の服に目がとまった。白と青を基調としたジャージだ。動きやすそうだし、部屋着にもしても悪く無さそうである。ちょっと欲しいかも——そんな想いがわき上がってきた。

「それ……気に入ったの？」

すると渚が問いかけてきた。

まだどこかプリプリとしているような表情を浮かべてはいる。ただ、それでもこちらのことを気にしてくれているらしい。こういうところが本当に好きだ。

「ん……別にそう言うわけじゃないわ」

とはいえ、これが気に入ったとは口にできない。

こういう趣味は捨てたのだ。自分は女の子らしい女の子でいなければならないから。そうでないとまた、渚に無理をさせることになってしまうかも知れないから。本当になんでもないと言う風を装いつつ、ジャージから視線を外した。

「あのさ……一つ聞いていい？」

そんな風花に渚が「……空手ってまだ続けてるの？」なんてことを尋ねてきた。

「……やめたわよ。もちろん」

その問いに隠すことなく現実を伝える。

「そっか……やっぱりやめちゃったんだ。でも、どうして？　あんなに好きだったのに」

確かに好きだった。

空手で身体を動かす。本当に最高の時間だった。今でも時々やりたくなるほどだ。だが、やりたくなってもやりはしない。

「ああいうのは男の子の趣味だからね。私は女。だからしない。ああいうのは子供だったからできたって感じかな」

自分は女の子になると決めたのだから……。

「……そっか」

その答えに、渚はどこか寂しそうな表情でポツリッと呟くのだった。

そしてデートの後の夕方——風花は渚の部屋へとやって来ていた。風花の方から迷惑でなければ渚の部屋を見てみたいと頼んだからである。

(ここが渚の部屋……)

室内をぐるりと見回す。

とても簡素な部屋だ。机があって、丸テーブルが置いてあって、パイプベッドがあって、参考書などが置かれた本棚が一つだけあるという部屋。自分の部屋と比べるとあまりにもシンプルである。年頃の女子の部屋とはとてもではないが思えなかった。

(外では隠していても、家の中では素になってるかも……と思ってたけど、そうでもないみたい。やっぱり渚は本当に変わった？　いや……でも……)

ぬいぐるみへの反応は本物だった。自分がプレゼントしたクマ太郎君を見て、心の底から渚は喜んでくれていたと思う。だから可愛いものとかへの興味がなくなったということはないはずだ。

(つまり……家の中でも無理をしてるってこと？)

チラッと渚を見る。

「どうかした？」

「え？　ああ……別になんでもないわ」

それは十分ありうる考えだろう。

何故ならば、自分もそうしているからだ。

自分だって家でも女の子趣味を貫いている。外に出た時に隙を見せないために……。

(でも、それでも少しくらい……)

「……それじゃあ、ちょっとお茶を淹れてくるね」

頭の中でグルグルと色々なことを思考している風花に、渚が声をかけてきた。

「あ、別にいいよ」

「それはダメ。お客様にはお茶を出す。それが礼儀。母さんも父さんも今日はいないから……。だから少し待っててね」

そう言うと渚は部屋を出ていった。

一人風花は部屋に残される。

正直少し落ち着かない。そわそわしつつ、更に室内を見回そうとする。だが、よく考えればそれは失礼だ。自分がいない隙に自分の部屋を物色なんかされたら、風花だって怒る。ここは大人しく渚が戻ってくるのを待つべきだろう。

なんてことを考えながら腰を下ろそうとしたところで、僅かだけれどクローゼットが開いていることに気付いた。

(クローゼット……)

中を見れば渚が普段どんな服を着ているのかが分かる。

もしかしたら昔みたいな女の子らしい服だってあるかも知れない——そんな考えがムク

リッと鎌首をもたげてきた。

わき上がってくる思考に後押しされるように、クローゼットへと近づいていく。僅かに開いている隙間に手をかけると、それを開いた。

途端に視界に飛び込んできたのは、今日渚が身に付けていたようなワイシャツやジャケットなどだった。身体にフィットするどちらかと言えばボーイッシュさを感じさせる洋服などだ。

（まぁ部屋の中がこんな感じだったし……服もある意味予想通りと言えば予想通り――）

と、そこまで考えたところで、一番はじっこにあの服が――付き合う切っ掛けとなった日に渚が着ていたワンピースがあることに気がついた。明らかに一つだけ趣味が違う服だ。

（これ……一枚だけ？）

他には？

キョロキョロともう一度クローゼット内を見回す。

「あっ」

そこで見つけた。

人形が一つ置かれている。ティアラとドレスを身に着けた猫の人形だ。この人形を風花は知っている。

「これ……みゃーちゃん……」

お姫様猫のみゃーちゃん人形だ。あの頃、いつも一緒にいた幼い頃、いつも渚が持っていた人形である。いじめっ子から取り戻してあげた渚の宝物……。

思わずみゃーちゃんに手を伸ばそうとする。

「風花ちゃん？」

そこで声をかけられた。

ビクッと身体を震わせ、振り返ると、お茶の載ったトレーを持った渚がそこに立っていた。

「あ……その……ごめん」

慌てて謝罪する。絶対いい気分ではないだろう。

「……ん？　ごめんって何が？」

しかし、よく分からないといった様子で渚は首を傾げた。

「何がって……だってその……勝手にクローゼットの中……」

「ああ……なるほど。それは……別に気にする必要なんかないかな。クローゼット開いちゃってたでしょ？　結構やっちゃうんだよね。だからその……別に大丈夫だから」

本当に気にしていないといった様子でトレーを丸テーブルの上に置くと、こちらに近づいてきた。クローゼットに手をかけ、それを閉じようとする。

「あのさ……」

そんな彼女に「あれ……みゃーちゃん人形残ってたんだ」と風花は告げた。

「え？　あっ！」

瞬間、渚はしまった！　というような表情を浮かべる。見せてはいけないものを見せてしまった——とでもいうような反応だった。

「あれはその……えっと……んっと……」

混乱したような様子で視線を左右に走らせる。どう誤魔化そうか？　といったことを考えているような動きだった。

そんな彼女をジッと見つめる。誤魔化さないで、本当のことを教えて欲しい——という願いを込めた視線を……。

そのお陰だろうか？　やがて渚は諦めたように「はぁあああ……」と大きく息を吐くと

「うん、残してあったんだ」

と答えてくれた。

「なんていうかさ……その、色々子供の頃から持ってたものを私……捨てたんだ。こんな感じで趣味も変わっちゃったからさ」

語りつつ、落ち着いた、どこか男性的なものを感じさせる自分の格好を見せつけてくる。

「でも……みゃーちゃんは捨てられなかった」

「どうして？」

「どうって……それはその……大切な想い出だったから……」

「大切な想い出？」

渚の言葉にドクンッと風花の心臓が高鳴った。

「……みゃーちゃんには風花ちゃんとの大事な想い出があるんだ。風花ちゃんと遊んだ時とか、風花ちゃんに助けられた時の想い出が。だから……その……捨てられなかったんだ」

自分との大切な想い出があるから……。

（……嬉しい）

それが素直な気持ちだった。

自分とのことをそれだけ渚は今まで大切にしてきてくれた。それが凄く嬉しい。

「風花ちゃんは忘れてるかも知れないけどね」

自嘲気味にフフッと渚は笑う。

「……そんなわけない」

静かに答えた。

「忘れるなんて……あるわけない」

「風花ちゃん？」

「だってさ……それは……渚だけじゃない。私にとっても大切な想い出だから。だから、だからね……忘れるなんてあるはずない」

喜びと愛おしさが膨れ上がってくる。

それを伝えるように風花は渚を抱き締めると——

「んっふ……んんんんっ」

これまでも何度もそうしてきたように、もう一度キスをするのだった。

＊

「……脱いで欲しい。渚の全部を私に見せて」

濃厚な口付けを終えると、風花がそんなことをお願いしてきた。その言葉が何を意味しているのかなんて考える必要はない。もう何度もして来たことだからだ。

「ここで？」

けれど、少し躊躇してしまう。自分の部屋で風花とするのは初めてのことだから……。

自室で風花の前に生まれたままの姿を晒すと考えると、何だかとても恥ずかしかった。

「お願い」

躊躇する渚に対し、風花が潤んだ瞳を向けてくる。

「我慢できそうにないの」

渚が欲しい。渚と身体を重ねたい——心の底からのお願いだということが分かる。

(そんなに私が欲しいいんだ)

などということを考えると、身体が熱くなり始めた。下腹部が疼き出す。身体が風花を欲し始める。それでも自分の部屋でというのはやはり恥ずかしい。けれど、今日は両親だっていない。だから……。

「……分かった」

欲しい——その気持ちは渚も同じだった。

頷くと共に自分の服に手をかけると、身に着けていたものをすべて脱ぎ捨てた。ツンと上向いた乳房を、引き締まった括れを、これまで何度も愛してもらった秘部を、風花の前に曝け出す。

「やっぱり凄く綺麗よ」

剥き出しになった肢体を見て、風花がうっとりと呟く。

「恥ずかしいよ」

全裸を見せるのはこれで何度目だろう？　慣れてきていたっておかしくない程に、これまでも肌を晒してきた。だというのに、羞恥は消えてくれない。それどころか寧ろ、今まで以上に恥ずかしいという想いは強くなる。視線を感じることで覚えてしまう疼きも大きなものとなる。

「ねぇ……私だけこんなのやだよ。お願い……風花ちゃんも見せて」

わき上がる羞恥を誤魔化すように、脱いでくれと風花に懇願した。

「うん」

その願いを受け入れてくれる。風花は僅かに頬を紅潮させつつ、自分が身に着けていた服に手をかけると、ゆっくりとそれを脱ぎ捨てた。自分の目の前で下着姿になってくれる。赤いブラとショーツだ。豊かな胸の谷間が視界に飛び込んで来る。柔らかそうでそれでいて弾力がありそうな乳房。それを見て思わずゴクッと息を呑む。

「結構渚ってエッチだよね」

クスクスと風花が笑った。

「え？　あ……そんなこと」

「いいんだよ。エッチでも……。私の身体で渚が興奮してくれるって……それ、凄く嬉しいことだから。だから……ほら、見て」

言葉と共に下着にも手をかけ、躊躇なく外す。渚と同じように、生まれたままの姿を曝け出してくれた。

(やっぱり……綺麗……)

風花の肢体を見つめる。

自分よりも大きな胸、張りのあるヒップ、ムチムチとした太股を……。

(裸になってる。私の部屋で風花ちゃんが……)

何だか夢を見ているんじゃないかとさえ思ってしまうような光景だった。

だが、これは夢なんかではない。現実だ。

「……渚」

それを教えてくれるように風花は近づいてきたかと思うと、またしても渚に優しく口付けしてきた。こちらの身体をギュッと抱き締めつつ「ふっちゅ……んちゅうう」と幾度となく啄むようなキスを行ってくる。降り注ぐキスの雨——堪らなく心地良かった。

こんなキスをもっとしたい。もっと感じたい。想いが増幅していく。それを行動で訴えるように、渚は風花の身体を強く抱き締めた。その上で自分から風花の口腔に舌を挿し込む。

「んんっ⁉」

これに驚いたように風花は瞳を見開いた。舌を挿し込むのはこれまで風花の方からだったからだ。まさか渚の方から先に動いてくるとは思わなかったのだろう。とはいえ、驚きは一瞬だけである。すぐに嬉しそうに瞳を細めたかと思うと、差し込んだ渚の舌に自身の舌を絡みつけてくれた。

そのまま部屋の中央で抱き合った状態で、互いの口内をかき混ぜ合う。

「むっちゅる……んちゅるっ……ふっちゅ……むちゅうう」

「ちゅっろ……んちゅろ……ふちゅろろ……んちゅろぉ」

グチュグチュという音色を室内に響かせ合った。

（これ……気持ちいい。やっぱりキス……何度しても凄くいい）

口の中をかき混ぜるだけ。ただそれだけの行為だというのに、自分のすべてが蕩けていくような心地良さを感じることができる。自分と風花が一つに溶けて混ざり合っていくような感覚。本当に幸せだ。

（もっと感じたい。もっと風花ちゃんを……。お願い。もっとして……もっと！　風花ちゃん！　風花ちゃん！　風花風花風花‼）

求める想いがどんどん増幅していく。

「ちゅろろ……ふちゅろろろ……んっちゅる……むちゅるぅ」

風花の背に回した手に力を込め、より強く抱き締めた。すると風花も同じように抱き返してくれる。重なり合う乳房と乳房がグニュリッと形を変えた。伝わってくる体温が大きくなる。ドキッドキッドキッという心臓の鼓動まで聞こえてくる。

(これ……風花ちゃんの胸が鳴ってる。凄くドクドクしてる。それに身体……凄く熱い)

興奮している。この状況に間違いなく風花も……。

それが嬉しい。

「ふう……か……むっふ……んふううう」

喜びを訴えるように更に淫靡に舌を蠢かせる。それにシンクロするように風花も……。

(ああぁ……気持ちいい。キスだけなのに私……凄く感じる。感じちゃってこれ……イクッ！　私……キスだけで……イクの！　イッちゃうの)

歓喜と興奮が性感に変換されていく。ただキスをするだけだ。それなのに、絶頂感まで膨れ上がって来る。この心地良さに抗うことなどできない。

「い……くっ」

風花と強く抱き合いながら、渚は達した。風花の腕の中でビクビクビクッと激しく肢体を痙攣させる。秘部からは愛液を垂れ流しながら、全身を包み込む快楽に溺れた。

「わた……しもっ」

するとそれに合わせるかのように——

「あっは……んはぁああ……あっあっあっ……はぁあああああ」

風花も絶頂に至る。渚の腕の中で、まるで電流でも流されたかのような激しさで肢体を打ち震わせてくれた。

身体中から力が抜けそうになる。全身を包み込むような心地良い脱力感に、唇を重ね、互いの身体を抱き締めたまま、二人で溺れた。

やがてどちらからともなく唇を離す。

「はぁああ……キス……凄くよかった」

風花がうっとりとした顔で呟く。

「うん……キスだけで私達……イッちゃったね」

「ホントに……凄く敏感になっちゃってるって感じ。でも……でもね……」

風花は一度言葉を切ると、ジッと渚を見つめてきた。

「一度だけじゃ全然満足できない。もっと気持ちよくなりたい。もっと気持ちよくしてあげたいって思っちゃう。だから……いいわよね？　もっとしても」

「うん……いいよ」

気持ちは渚だって同じだった。

「ふふ……それじゃあいくわね」

返事に満足そうな表情を浮かべたかと思うと、いつものように風花の方から渚をベッドに押し倒そうとしてきた。

「待って」

そんな風花を止める。

「ん？　どうしたの？」

「えっとね……その……なんていうか……今日は……私の方からしてあげたい……かな」

恥ずかしさを感じつつ、想いを告げた。

クマ太郎君人形を買ってもらった。みゃーちゃん人形のことを覚えていてくれた。本当に嬉しかった。その喜びを伝えたい。言葉ではなく行動で。自分の気持ちを風花に伝えたい。

「……そっか……それじゃあ……お願い」

渚の想いに対し、風花は笑みを浮かべてくれた。

本当に綺麗で可愛らしい笑顔だ。見ているだけで更に胸が高鳴っていく。より風花への想いが膨れ上がっていくのを感じながら、渚は恋人の身体を自分のベッドの上に押し倒した。そのまま組みしくような体勢を取ると――

「風花ちゃん……んっ」

もう一度キスをした。

でも、今回は一度だけのキスだ。重ねていた唇を離すと、これまで風花が自分にしてくれてきたことを思い出しながら――

「風花ちゃん……風花ちゃん……んっちゅ……ちゅっちゅっ……ふちゅっ……んちゅうっ」

白い肢体に幾度となくキスをした。

首筋に、括れに、太股に、乳房に、秘部に――全身にキスをする。チュッチュチュッチュッと唇を押しつけると、そのたびに風花は肢体をヒクヒク震わせ「あっ……んっ……あっは……はぁあああ」と心地良さそうな熱い吐息を漏らしてくれた。

視界に映る秘部もクパッと開いていく。襞の表面が愛液で濡れていくのが分かった。ただのキスでも十分すぎる程に感じてくれているらしい。

それでもまだ足りないと思う。もっと強い快感を覚えて欲しいという気持ちが後から後から溢れ出してくる。

想いのままに、呼吸に合わせて上下する風花の乳房に唇を寄せていくと、自分もそうしてもらったように乳頭に口付けした。

「んっふ……はっ」

ピクンッという風花の震えが大きくなる。そうした反応を観察しつつ、口付けと共に舌を伸ばし、乳首に這《は》わせた。そのまま舐める。技巧なんかなにもないけれど、感じて欲しい、気持ちよくなって欲しいという想いを乗せて、レロレロと淫靡に舐め回した。乳首を転がすように刺激する。乳輪をなぞるように舌を蠢かせる。同時にハムッと口唇で乳頭を咥《くわ》え込むと、ジュルジュルとまるで赤ん坊のように吸ったりもした。

「それ……あっあっ……いいよ。渚……凄く気持ちいい」

言葉だけじゃない。表情も心地良さそうに歪ませる。

「これ？　これがいいの？」

幼馴染みの反応を上目遣いで確認しつつ、乳首を吸うと同時に、舌で刺激するなんて行為もした。同時に手を下半身へと伸ばし、秘部に触れる。指を肉花弁に密着させると、それだけでグチュッという淫猥な音色が響き渡った。あそこは既にグショグショになっている。指に襞の一枚一枚が絡んで来るのが分かった。花弁そのものが指で擦り上げて欲しいと訴えて来ているかのようだ。

その求めに応えるように、指を動かし始める。自分がされて心地良かったことを想起しながら、グッチュグッチュグッチュと秘部を刺激した。

「それ……んんん……渚……それ……感じる。わた……し……感じて……変な声……あっあっ……エッチな声が出ちゃう」

「うん。その声……もっと聞かせて……もっと」

嬌声を耳にしているだけで、何だかこちらまで気持ちよくなってくるような気がした。

もっと聞きたいという欲望が膨れ上がって来る。そうした想いを行動で伝えるように、陰核を指で摘まむと、シコシコ扱くように刺激を加えたりもした。

「あああ！　すっごい！　そんなの……ダメ！　んんん！　感じ過ぎる！　気持ち良くなりすぎて……私……イッちゃう」

余程心地いいのか絶頂まで訴えて来た。言葉だけではなく身体でも快感を訴えるように、指がふやけそうな程多量の愛液を分泌させたりもしてくる。

「いいよ。イッて！　見せて……風花ちゃんがイクところ」

見たい。自分の手で快楽の頂に至る風花の姿を……。

「だ……ダメ」

けれどその瞬間、ガバッと風花が身を起こしてきた。いや、それだけじゃない。入れ替わるかのように、渚の身体を今度はベッドに押し倒してくる。

「え？　風花ちゃん？」

いきなりのことに戸惑いの声をあげてしまう。すると風花は「私だけがイクなんて駄目」と熱感混じりに呟くと共に、改めてキスをしてきた。

「んっちゅる……ふちゅるぅ……んっふ……はふぅう……ふうっふうっふうっ……イク時は……一緒。一緒にイキましょう」

もちろんキスだけじゃない。先程渚がそうしていたように、こちらの全身に口付けの雨を降らせてきた。柔肌に舌だって這わせてくる。ただ乳房を舐めてくるだけではない。全身をくまなく舌先でなぞるように刺激してきた。

お腹を、ヘソ周りを、ツツツッと舐めてくる。時には唇を強く押しつけ、肌が鬱血するほど激しく吸い立てたりもしてきた。もちろん、秘部を指で愛撫したりもしてくる。蠢く舌に指――すべての行為が渚に強い性感を刻み込んできた。

「あっは……んんん！　あっあっ……それ……だっめ！　あああ……いい！　凄く気持ちよくて……声……我慢できない」

快感で口が開いてしまう。喘ぎ声を抑えられない。

「いいよ。我慢なんかしないで。聞かせて……イヤラシい声」

煽り立てるように、太股の付け根部分に口付けしてきた。指で身体をなぞられると、肌を舌で舐められると、どんどん愉悦が膨れ上がっていく。燃え上がりそうな程に全身が熱くなる。身体中から汗が溢れ出し、白い肌が桃色に染まっていった。同時に全身から噎《む》せ返りそうな程の女の発情臭まで……。

「凄い匂い」

クンクンとこちらの匂いを風花が嗅いで来た。

「やだ……恥ずかしい。匂いなんか嗅がないで」

「大丈夫。凄くいい匂いだから……。これ……嗅いでるだけで、私も……もっと興奮して来ちゃう。もっと……もっと嗅がせて」

囁きと共に、花弁にも唇を押しつけてきた。これまでも幾度となくそうしてきたように、ヒダヒダの一枚一枚を舌先でなぞってくる。愛液を搦《から》め捕ってくる。当然陰核に口付けだって……。

「んんん！　それ……ダメ。はぁああ……スゴイのが来る。そんな……弄られたら私……簡単に……あっあっ……簡単にイッちゃうよ風花ちゃん」

「確かに……あそこもとってもビクビクしてるね。イキたいイキたいって……ここが叫んでるみたい。いいよ……イカせてあげる。私と一緒にイキましょう」

「一緒……に？」

「うん」

頷くと共に風花は一度秘部から顔を離すと、こちらに両脚を大きく開いてきた。その上で、自身の秘部を渚の秘部に押しつけてくる。花弁と花弁がグチュリッとキスをした。

「んあっ！　あっは……はぁあああ」

襞と襞が密着する。途端にただでさえ大きかった愉悦がより肥大化した。

「これ……あそこ……私のあそこと……風花ちゃんのあそこが……キス……んんっ！　キス……しちゃってる」

「そうだよ、ここでチューしてるの。気持ちいいでしょ？」

蠢くヒダヒダが吸い付き合う。溢れ出す愛液同士が混ざり合っていく。まるで自分と風花が一つに溶け合っていくような感覚だった。

「ほら……どう？　これ……いいでしょ？　感じるでしょ？」

ただ花弁と花弁をキスさせるだけでは終わらない。風花は腰まで振り始める。自身の秘部で渚の秘部を刺激してくる。

「あっは……はぁああ……これ……風花ちゃんのあそこが……私のあそこを……んんっ！　んあっ！　あっあっぁあっ……擦ってる！　グチュグチュって……エッチな音が出てる！　こんな……こんなことされたら……私……私……凄く……すっごく感じちゃうよ」

「私も……あんんっ……あっは……はぁああ……私も感じる。渚のあそこで気持ちよくなってる。渚……んんん……渚……なぎさぁああ」

何度も名を呼ばれる。

風花の口から自分の名が聞こえてくるたび、愉悦はより大きくなっていった。溢れ出す愛液を止めることができない。グッショリとシーツに染みができていく。

（洗濯……）

頭の中に僅かに残っている冷静な部分でそんなことを考える。しかし、考えることができたのは一瞬だ。後始末のことよりも今、もっと気持ちよくなりたいという想いが勝る。

そうした感情に後押しされるみたいに、渚は風花の動きにシンクロするように自分からもほとんど無意識の内に腰を振り始めた。

互いの秘部に自身の秘部を押しつけ、淫らに腰を振り合う。甘い「あっあっあっ」という喘ぎ声をユニゾンさせる。

動きに合わせてギシッギシッギシッとベッドが今にも壊れてしまいそうな程に軋んだ。その音色が生々しさを増幅させる。

「風花ちゃん……もう……私……もうっ」

わき上がって来たものは強烈な絶頂感だった。抗うことなどできない。

「いいよ。私も……はっふ……んふうう……私ももう我慢できない。イク……イクから……だから……一緒……渚……一緒に」

「うん……うんっ」

嬉しい。風花と一緒に気持ちよくなれることが嬉しい。

喜びのままに更に腰を強く押しつける。クリトリスとクリトリスを擦りつけ合った。

「あ……もう」

刹那、視界が白く染まり、絶頂感が弾けた。

「あっは……んはぁあああ！　あっあっあっ……はぁあああ」

愛液がブシュッと飛び散ってしまう程強烈な性感に全身が包み込まれる。

「イック！　んんん！　渚……私もイクっ！　一緒に。渚！　ああぁ……イクッ！　イクッ！　イクのぉ！　はっひ……んひぃい！　あっあっあっあっ――はぁあああ」

風花も同じく達する。

互いに腰を浮かせ、互いの秘部を押し潰してしまいそうな程に花弁を密着させあいながら、ただひたすら肉悦に歓喜の悲鳴を響かせた。

「はっふ……んふうう……はぁ……はぁ……はぁあああ……」

身体中から力が抜けていく。二人揃って脱力した。身体中を汗で濡らしながら、肩で息をする。全身が蕩けそうな心地良さ。何だかとても幸せだった。

「なぎ……さ……」

ゆっくりと身を起こした風花が顔を寄せてくる。

「風花……ちゃん……」

答えるように渚も同じく風花に唇を寄せると――

「ふっちゅ……んちゅう……」

「んっんっんっ……んふううう」

そうすることが当たり前だとでも言うように口付けをした。

＊

行為の後、渚は風花と共に家を出た。風花を駅前辺りまで送るためだ。風花は別に必要ないといってきたけれど「ダメ。絶対送る」と強く言うことで受け入れさせた。一人で歩かせるのが心配だから——という理由はもちろんある。けれど、それ以上に風花ともっと一緒にいたいという想いがあった。

だから一緒に歩く。

先程身体を重ねたばかりなので、なんだか気恥ずかしくまともに顔を見ることができない。会話だって何を話せばいいのか分からなかった。

けれど、一緒に歩いているというそれだけで、十分すぎる程に幸せだ。会話なんかなくても、近くにいるというそれだけで、堪らない程の喜びを感じることができる自分がいた。

（これってなんだろう？　この感情の正体って……）

なんてことを考える。

「あれ……渚？」

そんな時、いきなり話しかけられた。

視線を向ける。するとそこには中等部時代の友人である佐藤美柑《さとうみかん》が立っていた。

「あ……美柑」

進学して以来会っていない。二年ぶりくらいだろうか。

「久しぶり！　元気してた？」

笑顔で尋ねてくる。

「うん……元気だったよ」

同じく笑顔で返した。

するとその笑みに美柑は一瞬押し黙る。僅かだけれど頬を赤くして……。

「どうかした？」

一体これはどういう反応なんだろうか？　首を傾げて尋ねる。

すると美柑が「いや〜、たはは」と後頭部をかきながら恥ずかしそうに笑った。

「いや……ほら、二年ぶりでしょ？　久しぶりに渚の王子様スマイルを見せつけられちゃったからさ。ちょっとなんていうか……一瞬見惚れた」

「え？　あ……そっか」

「しっかし……また男っぷりが上がったんじゃない？」

ケラケラと笑いかけてくる。

「そうかな？」

男っぷりが上がった——本来ならば喜ぶような言葉じゃないけれど、そうなりたいと思ってきた渚にとっては最高の言葉だ。

でも、それでも、少し寂しさというか、チクリッと胸に棘が刺さるような感覚を僅かだけれど抱いてしまう。けれど、そういった感情を誤魔化すように「まぁ、色々努力してるからね」といって少し不敵な笑みを浮かべて見せた。

「うわっ！　それ……渚が本当に男だったらあたし落ちてたよ。ってか、女でも渚なら別に構わないかなとか思っちゃうな」

「……美柑にそう言ってもらえるのは光栄だね」

クスクスと二人で笑い合う。

が、美柑はその笑みを急に止めた。

「あ……そういえばえっと……」

美柑は視線を風花へと向ける。

「草薙風花です」

すぐさま風花は笑みを浮かべた。学校にいる時みたいな柔らかな笑みだ。渚と二人きりの時のどこか昔を思い起こさせるような態度とは違う。儚ささえも感じさせるような姿に、今度は風花に美柑は一瞬見とれた。

「やば……すっごい可愛い。え……こんな可愛い子……渚の友達？」

呆然としつつ、尋ねてくる。

「え……あ、うん。友達」

何げない様子で頷いて見せた。

「そっか……えっと佐藤美柑です。よろしく」

緊張した様子で美柑は名乗る。

対する風花は笑みを浮かべたまま――

「渚さんの友達です。よろしくお願いしますね」

といって美柑に頭を下げた。

友達――風花から出たその言葉。確かに間違いではない。その通りだ。けれど、どうしてだろう？

（え……なに……この感覚……）

友達と言われた瞬間、渚が感じたものは寂しさだった。

＊

「それじゃあまた明日ね」

美柑と別れた後、駅前にて風花とも別れた。

渚は一人になる。

一人で離れていく風花の背を見送った。

見送りながら、理解した。風花に友達と言われた時に何故、寂しさを感じたのかということを。

(好きなんだ。私……風花ちゃんのことが……)

だから友達と言われて寂しかった。もっと深い間柄でいたいから……。

(多分ずっと……私、本当にずっと風花ちゃんのことが……)

幼い頃キスをした時に抱いた感情を思い出す。思えばあの時からずっと……。

「風花ちゃん……」

風花の名を口にする。

すると、それだけでなんだかとても幸せな気分になれる渚なのだった。

第五章　好きだけど言えない

——気がついた。風花ちゃんが好きだって。でも、この気持ち、伝えていいの？


渚はやっと自分の風花に対する気持ちに気付くことができた。

自覚以来、風花を見ているとどんどん愛おしさがわき上がって来るようになった。人に見られてしまっても構わないから、風花を抱き締めたい。キスをしたい。などということをいつも——二人きりではない時だって考えるようになった。

クラス内で話をしている時だってくっついていたくなる。

多分しても構わないだろう。だってみんな、自分と風花が付き合っていることを知っているのだから。二人は学園公認の恋人同士なのだから……。

（でも、それをすれば風花ちゃんが困るかも知れない）

だから、そうした想いを抑え込む。

確かに街中でキスをした。けれど、あれは周りに知り合いがいなかったからこそ、できたことかも知れない。実際に友人達がいる前では、風花に嫌がられてしまうかも知れないから。

（風花ちゃんが私と同じ気持ちなら……多分、教室で抱き締めたって大丈夫だと思う。でも、風花ちゃんが私と同じ気持ちかどうかは分からないし……）

確かに自分と風花は恋人同士だ。けれど、付き合う切っ掛けは「責任を取るため」というものだった。好きだからという理由じゃない。実際、風花の口から「好き」という言葉をこれまで聞いたことはなかった。

（だからって風花ちゃんが私を嫌ってるとは思わない。好かれてる自信はある。でも、それが恋人としての好きかどうかは分からない。あくまでも友達として……かも知れない。それなのに私が恋人として好きだなんて口にしたら……）

もしかしたら風花に「ごめん」と言われてしまうかも知れない。もしそうなってしまえば、今の関係を続けることができなくなってしまう。それはダメだ。絶対に……。だって、風花とはずっと恋人同士でいたいから。

（おかしな話）

恋人でいたいから、好きだという気持ちを隠さなければならない。思わず自嘲気味に笑ってしまう渚なのだった。

ただ、それでも——

（できるだけ我慢はしたくない）

という想いから、学校の中庭のベンチで二人きりでお昼を食べる時などは、積極的に隣に座る風花の肩に自分の身体を預けたりした。因みに風花は渚が作って来た弁当を食べているし、渚は風花が作って来てくれた弁当を食べている。折角練習して二人共作れるようになったのだからと渚から提案した結果だ。風花には自分の弁当を食べて欲しかったし、自分は風花の弁当を食べたかったからである。

「ど……どう？　美味しい？」

少し緊張した様子で尋ねてくる風花に「うん。凄く美味しい」と笑顔で返した。

＊

（どういうことこれ？　なんか最近……渚が妙に積極的なんですけどぉ⁉）

みんながいる教室内ではそんなことはないけれど、ここ数日、二人きりでいる時、妙に渚からのスキンシップが増えていた。そのことに風花は滅茶苦茶動揺している。だって、渚に触れられると、我慢ができなくなってしまいそうになるからだ。

渚を抱き締めたくなる。渚にキスをしたくなる。

けれど、必死に我慢する。ここは同級生ばかりがいる学校だ。毎日顔を合わせる知人、友人がいる場所でキスなんてしたら、渚に迷惑がかかってしまうかも知れない。前にデート中、我慢できずに街中でキスしてしまったけれど、みんな二人が付き合っていると知っているとは言え、流石に学校では自重しなければならないだろう。

だが、分かっていても我慢できない。

（できるわけないでしょ）

自然と自分の身体を預ける渚の肩に手を回すのだった。

しかし、これは今まで自分が作りあげてきたイメージとは違う。それは渚も同じなのだろう。誰かが近づいて来る気配を感じた瞬間、どちらからともなくパッと距離を取るのだった。凄まじいスピードで……。

お陰でくっついている姿は今のところ見られてはいない。

ただ、心の何処《どこ》かで考えてしまうのだ。みんなの前でだって遠慮なく想いのままに渚とくっついていたい——と。

などということを考えながら過ごしていたある日のホームルームでのこと——

「それでは文化祭でのクラスの出し物は演劇。演目は『眠れる森の美女』に決定します」

パチパチパチッとみんなが拍手する。

「では次に脚本に関してですが、誰か書ける人いますか？」

クラス委員の幸子がグルリッと教室内を見回す。特に演劇を提案した生徒への視線が熱い。提案者であるからには脚本が書ける、もしくはその当てがあるのでは？　という期待が籠もった視線だ。しかし、提案者の九条椿《くじょうつばき》は「いや、無理無理。マジ無理だから」と首を左右に振った。何となく文化祭っぽいから演劇を提案しただけということらしい。

「ん〜、脚本の当てがないとなると、選び直し？」

むむむっとクラスメート達が悩み出した。

(仕方ないわね)

フウッとため息をつくと、風花は手を挙げた。

「なら、私が書きます」

実を言うと結構話を書いたりするのは好きな方だ。多分やれると思う。

「いや、でも……それはちょっと」

けれど、みんなの反応は芳しくない。

「どうしてですか？」

想定外の反応に首を傾げると、そんな風花に対して「草薙さんには主演のお姫様をして欲しかったなぁ……なんて」とみんなが言ってきた。

(ああ……なるほど……)

お姫様と王子様が出てくる演目だ。となると、当然みんなが考えるお姫様役は自分ということになるだろう。自分で言うのもなんだが、自分が一番ピッタリというのは事実だ。

「……それじゃあ他に誰か脚本書ける人いますか？」

舞台に立つというのは恥ずかしいので積極的にしたいものではない。だが、期待されているのならば応えたいという想いもある。だが、脚本と同時は結構負担も大きい。なのでみんなに尋ねてみるのだけれど、他にできると手をあげてくれる人はいなかった。

というワケで、演劇での風花の仕事は脚本に決まった。

「次に配役ですが……」

「はいっ‼」

幸子の言葉に反応するように、数人の生徒が一斉に手を挙げる。

「王子様役は八雲さんがいいと思います‼」

その内の一人が、渚の名を挙げた。

すると手を挙げていた他の生徒達も「それ！　それがいいたかったの！」「渚以外あり得ないっしょ‼」と同意する。いや、手を挙げた生徒達だけではない。他のクラスメート全員も「異議な〜し」と頷いていた。

みんなの視線が一斉に渚へと向けられる。

それを受けた渚は――

「まぁ、みんながそう言うなら」

と特に文句を言うこともなく、王子様役を受け入れるのだった。

そんな渚を風花は離れた席からジッと見つめる。ぱっと見、渚は普段と何も変わりはない。王子様を演じることに対し、特段問題は感じていないみたいだ。

けれど「では次……お姫様役ですが」と幸子が口にした瞬間、僅かだけれどピクッと渚は眉を動かした。表情も少しだけ寂しそうなものに変わる。それはまるで、やるのであれば本当はお姫様役の方がよかった――とでも言っているかのように、渚には見えてしまう表情だった。

しかし、そうした変化は本当に一瞬だけのことである。すぐに渚はいつも通り、静かで凛とした顔に変わった。先程の変化は気のせいだったのか？　と思ってしまう程の変わり身である。

(渚……本当はどうしたいの？　私は貴女の本当の気持ちが知りたい)

好きだから知りたい。渚の想いを……。

けれど、願ったところで、それを知ることはできないのだった。

文化祭で演劇を行うことが決まってから一週間、風花が書いた脚本が完成したので、本格的な練習が始まった。

クラス内で稽古《けいこ》を行う。みんなの中央に立った渚が朗々と王子様の台詞を口にすると、毎日一緒にいて流石に見慣れているはずのクラスメート達もぽーっとした表情を浮かべ、彼女に見惚れた。

いや、クラスメート達だけでは済まない。他のクラスから稽古を見にやって来た生徒達も同じように渚に見とれている。

(まぁ……気持ちは分からなくもないわね)

実際、風花の目から見ても渚は本当に格好良かった。絵本の中の王子様がそのまま現実に現れたかのような風情がある。抱き締めて欲しい。キスをして欲しい——渚の演技を見ていると、そんな想いが膨れ上がって来る。

(でもなぁ……)

他の皆と同じように、純粋に渚のことをただ格好いいと思うことはできなかった。

なんと言うか、違和感がある。確かに王子様的演技は渚によく似合っているけれど、風花にはミスキャストのように見えてしまうのだ。あまり似合っているようには見えないと言うか、無理をしているように見えてしまうと言うか……。

しかし、それを口に出すことはできない。渚は頑張っているのだから……。

本当のことを言えば、王子様役なんてやりたくなかった。

普段の生活でさえ、王子様みたいな演技をしている。それなのに舞台に上がってまでまた王子様なんて……。そんなことを考えてしまう自分がいた。王子役よりもお姫様役の方がずっとやりたい——とも思ってしまう。

＊

そんな想いは、できあがった当日の衣装を見た瞬間、更に大きなものに変わった。

「うわっ！　これ……ちょっとハズいかも。こんなのあたしに似合わないっしょ」

お姫様役のクラスメート——日比野千景《ひびのちかげ》が鏡を見ながら恥ずかしそうに呟く。

彼女が身に着けているのはまさにお姫様といった感じのドレスだ。色はピンクを基調としたもの。生徒が作ったものとは思えない程に、豪華な意匠が施されている。できはかなりいいと言っていいだろう。本当の舞踏会に出ても違和感はないと思う。

(可愛い)

まさに渚の好みドンピシャな衣装だった。あれを着てみたい——そんな想いがわき上がってくる。だが、それは無理だ。自分はお姫様じゃない。みんなだって自分があれを身に着けていることを想像すらしてくれないだろう。

みんなが思う自分は――

「うっわ……ヤバっ！」

「やっぱり八雲さん……格好良すぎでしょ」

「八雲さんが男だったら間違いなく落ちてたわ」

できあがった王子の衣装を身に着けた自分を、みんなが呆然と見てくる。

今の自分だ。

（実際……自分でもちょっと驚くな）

鏡に映る、ピッチリと身体にフィットした中世ヨーロッパ貴族が着る礼服のような衣装を身に着けた自身の姿は、可愛い系が好きな自分でも一瞬見惚れてしまう程である。我がことながらみんなが騒ぐのも無理ないかなとすんなり受け入れられるような似合いっぷりだった。

正直悪くはないと思う。

ただ、それでも、やっぱり着たいのはドレスの方で……。

何となく眩《まぶ》しいものを見るような視線を、千景へと向けてしまった。

そんな日々の中のある日の放課後、既に日も落ちて空が暗くなっている時間だというのに、渚は教室に残っていた。既にみんな帰ってしまっている。自分以外でここにいるのは、風花だけだった。

本番に向けての居残り練習である。

「貴女を助けに来ました」

王子の台詞を口にする。

「……貴女が……私を？」

それに答えるのは風花だ。

本来の姫役である千景が最近少し体調が悪いということで、彼女の代わりに風花に付き合ってもらっていた。脚本を書いただけあって、台詞なども全部覚えてくれている。

「ありがとうございます」

風花が微笑みを自分へと向けてくる。柔らかな笑み。身に着けているのは衣装ではなく制服だけれど、本当にお姫様のように見える可憐で可愛らしい姿だった。

「うん……ここまでは演技も台詞も凄くいいと思う」

「それならよかった」

一通り稽古を終えた後、風花が褒めてくれた。脚本家からのお墨付きだ。少しホッとする。

「これなら本番でも問題無くやれそうね」

「そうだね。少し安心できたかな」

　頷きつつ、教室の壁に掛けられた『本番まで二日』と書かれた紙へと視線を向けた。なんとか最後まで王子様役を完成できたと思う。

「問題は姫役の日比野さんの方だけど……まぁ、体調不良じゃ仕方ないわね。よくなってくれることを祈るしかないわ」

「そうだね」

　祈る以外、もう渚にできることはないと思う。

「にしても……あっという間だったなぁ」

　なんてことを呟きながら、教室の隅に置かれた衣装へと視線を移した。マネキンに身に着けさせている王子と姫の衣装。本当にプロが作ったみたいに素晴らしい。

　ジッと見とれてしまう。姫の衣装に……。

「着てみたいの？」

　すると風花がそんなことを尋ねてきた。

「――へ？」

　まるでこちらの心を読んだかのような問いに、思わず間の抜けた声をあげてしまう。

「な……なんのこと？」

「だから……そのドレスを着てみたいの？　って聞いてるんだけど」

重ねて風花が問いかけてきた。ただ言葉で聞いてくるだけじゃない。真っ直ぐこちらの目を見てきたりもする。表情から渚の思考を読み取ろうとしているかのような視線だった。

「別に……そんなことないよ」

慌てて視線を逸らしつつ、風花の言葉を否定する。

「そういうの……私の趣味じゃないいし。それに……ドレスなんて私には似合わないと思うから」

「そんなことない」

自分には似合わない――その言葉を風花は間髪いれずに否定してきた。

「似合わないなんてこと絶対ない。渚にはこのドレス……凄く似合うと思う」

などということを重ねて伝えてくる。おだてとかではない。本気でそう思ってくれていることが分かる表情だった。

そうした風花の言葉や態度に胸が高鳴ってしまう。大好きな風花にドレスが似合うと言ってもらえることに、明らかに喜びとしか言えない感情を持ってしまう自分がいた。

「……風花ちゃんにそう言ってもらえるのは嬉しいかな。まぁ……でも、着る機会はないんだけどさ」

自分は王子様役だ。お姫様のドレスを着ることなどない。

「……機会？　着てみたいならその機会、作ればいいじゃない」

「え？　機会を作る？」

本当に何げない風に風花は伝えてくる。一瞬言葉の意味が理解できなかった。

そんな渚に対し、風花はどこか悪戯っ子みたいな笑みを浮かべたかと思うと「つまりね、今着てみればいいのよ」なんてことを口にしてきた。

「着てみるって……でも……」

流石に「そうだね」とすぐに頷くことはできない。

「大丈夫よ。誰も見てなんかないんだから」

それは確かにその通りだが……。

「流石に一人で衣装を着るってのは恥ずかしいかな」

しかもドレスだ。

すると風花は「そう？」と少し考えるような素振りを見せたかと思うと「だったら一人じゃないならいいの？」などと尋ねてきた。

「それって……どういう？」

「だからね……その……渚がドレスを着るなら……私もそれ……王子様の衣装……着よう

かなって」

「風花ちゃんが……これを？」

王子衣装へと視線を向ける。

それと共に頭の中で想像してしまった。王子姿の風花を……。

（それ……見てみたいかも……）

多分、とても似合うと思う。凄く格好いいと思う。見たい。見たい。見せて欲しい――想いが膨れ上がってきた。その欲望に逆らえない。だって、好きな人の絶対格好いいだろう姿を見たいから。

「それじゃあ……その……着てもらっても……いい？」

「渚も着るならね」

「……う、うん」

コクッと頷いた。

そして、まずは風花が衣装を身に着けてくれた。

（やっぱり……思ったとおりだ）

王子姿の風花が目の前に立った。

ピッタリと身体にフィットした貴族の礼服。自分より風花は身長が低いので、多少衣装は大きく感じた。けれど、似合っていないなどということはまったくない。想像していた通りの王子様的姿だった。

　髪は普段通りの長さだ。しかし、それが中性的な美しさを感じさせる。まるで物語の中の王子様が本当に飛び出てきたかのような姿に渚には見えた。あまりの美しさ、格好の良さに呆然と見とれてしまう。

「ん？　どうかした？」

　こちらの態度に不思議そうに風花は首を傾げてきた。

「あ……その……凄く……似合ってるから。風花ちゃん……とっても格好いい」

　疑問に対し、気持ちを隠すことなく伝える。

「……格好いい……か」

「え？　あ……もしかして、嫌だった？」

　少し慌てた。

　格好いいけれど風花だって女の子だ。それに、普段はいつもお姫様みたいで、身に着けている服だってほとんどが可愛い系だ。部屋だってあんなに女の子らしかったし……。格好いいと言われてもいい気分はしないのかも知れない。

「別に謝る必要なんかないわ。格好いい……渚にそう言ってもらえるの正直嬉しい」

心配は杞憂だったらしい。風花は素直に嬉しそうな表情を浮かべてくれた。

その上でマジマジと自分の身体を見回す。

「サイズは多少大きいけど……我ながら結構似合ってるわね」

そう呟く風花の顔はやはり喜んでいるように見える。

（あ……この顔……）

そこで思い出した。

風花の表情がスポーツ用品店に並んでいた動きやすい服を見ていた時のそれによく似ているということに……。

（風花ちゃん……やっぱりそういう格好が好きなの？）

昔みたいに……。

「さて、それじゃあ……次は渚の番よ」

漠然とそんなことを考えている渚に対し、風花がどこか楽しげな表情を浮かべながらそう伝えてくるのだった。

＊

「えっと……ど、どうかな？」

着替えを終えた渚がおずおずといった様子で尋ねてきた。

着替えの最中、恥ずかしいから見ないでといわれ、背を向けていた風花はゆっくりと振り返る。視界にドレスを身に着けた渚が飛び込んできた。

瞬間、風花は息をすることも忘れた。

ピンクを基調としたドレスに身を包んだ渚が、恥ずかしそうに頬を赤らめている。僅かだけれど瞳も潤ませていた。

「やっぱり……変かな？」

いつもキリリとしている渚が、何だかとても儚げに見える。王子様としてみんなに好かれている凛とした普段の姿からは想像もできない程に、可愛らしさと美しさを感じさせる姿だった。

「……凄く……うん。凄く……似合ってると思う」

呆然と見とれながら感想を告げる。

「そ……そう？」

「うん。本当に可愛い」

お世辞なんかじゃない。心の底からそう思った。

「そっか……ふふ……そっか……」

それに対し、渚ははにかむような笑みを浮かべた。

「やっぱりこんな格好ダメって……そう思ったけど、風花ちゃんにそう言ってもらえるなら……これ、着てよかったかも知れない」

自分のドレス姿を見つめながら、嬉しそうに渚は呟く。

何だかとても幸せそうな姿だ。

そんな姿を見ていると、愛おしさのようなものが膨らんで来るのを感じた。ドクッドクッドクッと心臓も鼓動を始める。同時に抱き締めたい。強く強く渚を——という想いまでわき上がってきた。

「……渚」

想いに抗うことなんかできない。こんなに可愛くて綺麗な渚を前にして我慢なんか不可能だ。だって、本当に渚のことが好きだから……。

そうした感情の赴くままに、渚との距離を詰めた。近づく風花に対し「風花ちゃん？」と渚は首を傾げてくる。

(こんな姿も可愛い)

渚の取るすべての行動に愛おしさを覚えながら、ドレスに包み込まれたスラリとしたモデルのように美しい身体を抱き締めた。

「へ？　あ……風花ちゃん⁉」

唐突な行動に一瞬渚は驚きの表情を浮かべる。

そんな彼女の顔を、息が届きそうな程の至近で見つめた。真っ直ぐ渚の瞳を自身の瞳で見据える。

対する渚はしばらく戸惑うような素振りを見せていたけれど、やがてこちらの想いが届いたのか、瞳を閉じた。僅かだけれど唇を突き出すような体勢になる。キスをして——無言でそう訴えて来ていた。

「……んっ」

その想いに応えるように、風花は渚にキスをした。

唇と唇を重ねるだけの優しいキス。しばらく唇の感触を確かめるように、口唇を押しつけ続けた。

「なんか……本当に王子様になった気分かも」

やがてソッと唇を離すと、頬を紅潮させ、瞳を潤ませてぽーっとした表情を浮かべる渚に微笑みかけた。

「渚はお姫様」

「私が……お姫様？」

呆然としたように風花の言葉を復唱した渚は、どこか焦るような表情を浮かべたかと思うと「ない。そんなことない。私がお姫様とか……絶対あり得ないよ」と否定の言葉を口にしてきた。さっきは似合っているという言葉に喜んでいたのに、今度はこれだ。可愛い自分というものに本当に自信がないらしい。

「あり得ないなんて……それこそない。渚は可愛いよ」

本心からの言葉だ。それを伝えると共にもう一度キスをする。今度は唇を重ねるだけでは終わらない。ここが教室だということなんてまったく考えずに、渚の口内に自身の舌を挿し込んだ。

「ふっちゅ……んちゅっ！　ちゅっちゅっちゅっ……ふちゅうう」

そのままこれまでも何度もそうしてきたように、渚の口内をかき混ぜ始める。教室内にクチュクチュという舌と舌を絡ませる淫靡な音色を響き渡らせた。そうした濃厚な口付けに、渚も応えるように自分から舌を蠢かし始めてくれる。

（いつも授業を受けてる場所でこんなキス……）

何だかいけないことをしているみたいな気分だった。だからだろうか？　何だか興奮も覚えてしまう。身体中が燃え上がりそうな程に熱く火照り始めた。ただキスをするだけでは満足できない。もっと深く渚を感じたい——これまでも抱いてきたそんな想いが溢れ出してくる。

「んっふ……はぁああ……渚……」

劣情を伝えるように、一度唇を離して渚に囁きかけた。

名前を呼んだだけ。けれど、渚は風花の想いを理解してくれる。お姫様は落ち着き無さそうな様子で視線を教室内に走らせた後、一瞬考えるような表情を浮かべた上でコクッと頷いてくれた。

「私も……我慢できない」

なんて言葉まで付け加えてくれる。その言葉が更に風花の劣情を煽ってきた。

「渚……」

言葉と共に近くにあった段ボールを床に敷くと、その上にドレス姿の渚を押し倒した。ドレスのスカートに手をかける。ゆっくりとそれを捲《まく》り上げていく。ショーツが剥き出しになった。今日の下着は黒色のレース製だ。まるでドレスに合わせてあつらえたかのように、意匠もなかなか凝っている。

「これ……いつもよりなんか……大人っぽい下着だね」

普段無地のスポーツ系下着ばかり身に着けている渚にしては結構珍しいかも知れない。そのことを伝えると「だって……その、こうやって風花ちゃんに見せることも多いから……だから……その……」と言い難そうに、恥ずかしそうに、渚は顔を真っ赤に染める。そうした姿も可愛らしい。いつものどこかボーイッシュさを感じさせる服装ではなく、ドレスを身に着けているせいだろうか？　何だか新鮮な感じがして、普段以上に風花の興奮は煽り立てられることとなった。

「私のためにこれ……穿いてきてくれたんだ」

「……うん」

コクッと躊躇いつつも渚は頷いてくれる。

「嬉しい。凄く嬉しい。だから……だからね……いつもよりずっとずっと気持ちよくしてあげるからね」

そういうと、風花はドレススカートの中に顔を突っ込み、ショーツへと唇を寄せた。そのまま「ふっちゅ……んちゅっ」とクロッチ部分に口付けする。

「あっ……んっ……」

途端にピクッと渚は肢体を震わせた。それと共に秘部から愛液が溢れ出す。ショーツに僅かだけれど染みができるのが分かった。

「これ……折角の下着が汚れちゃうね……だから……」

ショーツに手をかけると、するするとそれを脱がせていった。肉花弁が露わになる。キスだけで興奮していたのか、ワレメは既に左右にクパッと開いていた。花弁の表面はうっ

すらと濡れそぼっている。襞の一枚一枚が、ゆったりと呼吸するように蠢いている様が実に淫靡で、興奮がより煽り立てられた。

刻んであげたい。快感を。沢山愛してあげたい――そんな想いがわき上がってくる。

「渚……渚……んっちゅ……ふちゅっ……ちゅっちゅっちゅ……んちゅう」

劣情のままに秘部に口付けした。もちろん一度だけじゃない。二度、三度、四度――繰り返し口付けする。同時に舌を伸ばすと、これまでも何度もそうしてきたように、愛液を搦め捕るように花弁を舐め回した。

渚の女蜜を吸引する。ジュルジュルという音色を奏でながら、激しく秘部を啜り上げた。

「あっ……それ……ダメ。こんな音……恥ずかしい。恥ずかしいよ風花ちゃん」

「でも……気持ちいいでしょ」

羞恥に悶える姿も可愛らしい。もっと見せて欲しくなる。

だから何をいわれても愛撫を中断などしない。それどころか寧ろ、より激しいものに変えていく。ただ花弁の表面に口付けするだけではなく、クリトリスへも舌で刺激を加えた。

「はぁああ……あっあっあっ……んっふぅう」

途端にここが教室であることも忘れたかのように、渚は嬌声をより大きなものに変えていく。スラリとした全身から、甘ったるい匂いを含んだ汗まで分泌させ始めた。愛液量も増える。

「凄く気持ちよさそう。渚……いい？　こうされるの気持ちいい？　感じる？　ふっちゅる……んちゅる……むちゅるぅ」

唇にそうするように、肉花弁に丁寧に口付けを続ける。

「あっは……んはぁあ……い……いいっ！　風花ちゃん……凄くいい！　これ……はぁあ……よくて……私……声……教室なのに……抑えられない」

「抑えなくていいよ。誰も来ないと思うから……。だからね……もっと聞かせて」

いつも一緒に授業を受けている場所で渚が悶えている。自分しか聞いたことがない声を響かせてくれている。それが本当に嬉しい。だからこそ、もっともっとこの声を聞かせて欲しいと思ってしまう。

舌で刺激するだけでは終わらない。指も秘部に添えると、レロレロと舐りつつ、指でワレメを上下に擦った。陰核を摘まんで扱いたり、転がすように刺激を加えたりもする。

「風花ちゃん……それ……本当に……私……あっあっあっ……本当に感じちゃう。これ……来ちゃう。来ちゃうよ……凄く気持ちいいのが来ちゃう」

愛液が粘り気を帯び始める。わき上がる甘ったるい発情臭も、より濃厚なものに変わってきた。絶頂が近いことを理解する。

「いいよ。イッて……渚……イッて」

達して欲しい。自分の手で快感の頂に渚を導きたい。想いのままに舌先を渚の膣口に挿入すると、蜜壺をかき混ぜるように蠢かした。

「あ……嘘！　中……これ……私の中……んんん！　動いてる！　あっあっ……風花ちゃんが……これ……い……いいっ！　風花ちゃん……凄くいい！　あああ……イクッ！　イッちゃう……風花ちゃん……私……もうっ！　あああ……もうっ！」

ドレス姿の渚がくねくねと肢体をくねらせる。腰がゆっくりと浮いてきた。

「イッて……渚！」

言葉と共に激しく秘部を啜り上げる。

「はぁああ……イッく！　イクイク——イクぅううっ！」

刹那、激しい愛撫に後押しされるように、渚は絶頂に至った。スレンダーな身体をビクビクと痙攣させながら、風花の顔に向かって愛液を噴出させてくる。生温かく、甘い匂いがする体液で顔が濡らされた。何だか渚に全身を包み込まれているような気がする。そうした感覚が堪らなく幸せだった。

「はぁあ……はぁ……はぁ……はぁ……」

幸福感に溺れている風花の耳に、渚の荒い吐息が聞こえてくる。

「気持ちよかった？」

秘部から一度唇を離す。身を起こし、渚へと視線を向けた。

達した渚の表情は愉悦の色に満ちている。顔は紅潮し、唇は半開きになっていた。普段の凛とした面影はない。快感に溺れる女の顔だった。その顔がとても綺麗で、可愛らしい。

「……凄く……よかった」

問いかけに渚は素直に応えてくれる。

いや、それだけじゃない。

「ねぇ……キス……して……」

なんておねだりまでしてきた。

ドレス姿の渚からの口付けの願い——応えないわけにはいかない。

「渚っ！」

キスしたい。お願いなんかされなくても自分からしたい——わき上がる想いのままに自分から口付けする。

「ふっちゅ……んっんっ……んふううぅっ」

唇を重ねた瞬間、渚は幸せそうに瞳を細めてくれた。その上でこちらの背中に手を回してくる。もっと深くキスして欲しいと訴えるように……。

（渚……渚……好きっ！　好きだよ！　渚……大好きっ!!）

自分を求めてくれていることが嬉しい。渚に対する愛おしさが溢れ出してくる。だが、言葉にすることができない。

（渚……ドレスを着て凄く嬉しそう。やっぱり昔と同じでこういう可愛いのが好きなんだ。でも、それを素直には言えなくなってる。それって……絶対私のせいだよね）

今の渚はとても可愛くて愛おしい。

だからこそ、申し訳なさのようなものも感じてしまうのだ。素直になって欲しい。素直になれなくしてしまったのは自分だ。そんな自分が渚を好きだと言っていいのか？　などと言うことを身体まで重ねてしまっているというのに、どうしても考えてしまう。

（好きって言葉は……渚が素直になってくれてから……）

その為にすべきことは――

「可愛いよ。凄く可愛い」

渚に可愛いと繰り返し伝える。こういう女の子らしい姿が凄く似合っていることを教えてあげる。我慢する必要なんかないんだと訴えるみたいに……。

「やだ……そんなこと言われたら……私……恥ずかしい。お世辞なんかやめてよ」

渚の表情がより羞恥の色に染まる。

「お世辞なんかじゃない。その証拠に……渚が可愛すぎるから……もっともっと感じさせてあげたくなっちゃう。ほら……こんな風に……。見せて、お姫様が感じるところを」

キスをしつつスカートの中に手をいれると、先程絶頂させたばかりの秘部にもう一度刺激を加え始めた。今度は手であそこを刺激する。グチュッグチュッグチュッとワレメ部分を上下に擦り上げた。

「あっは……んんん！　こんな……ダメ……イッた。私……イッたばかりで……凄く……あっあっあっ……凄く敏感になってるから！」

「そんなこと言っても駄目。だって……我慢できないから。渚が可愛いのが悪いんだよ。ほら、見せてもっと感じる姿を見せて」

止まることなんかできない。

どれだけ自分が渚を可愛いと感じているのかを伝えるために、愛撫の上に愛撫を重ねた。

＊

可愛い。可愛い。渚、可愛い。

何度も囁きかけられる。愛撫と共に……。

(これ……あああ……なんか……変になりそう。私……おかしくなっちゃいそう)

指の動きに合わせて刻まれる快感が堪らなく心地いい。まるで頭の中までかき混ぜられているかのような感覚に、渚は狂ったように身悶えた。

(可愛いって……風花ちゃんが私を可愛いって……)

何よりもその言葉が嬉しい。こんなドレスなんて絶対自分には似合わないだろう格好だというのに……。

お世辞ではないだろう。それくらいのことは分かる。だからこそ喜びもより大きなものに変わっていく。

「風花ちゃん……んんん！　風花ちゃんも……凄く……格好いい……」

そうした喜びに押し流されるかのように、気がつけばほとんど無意識のうちにそんな言葉を口にしてしまっていた。

実際、衣装を身に着けた風花は本物の王子様みたいに見えたから。

「……そっか」

その言葉にどこか風花は嬉しそうな表情を浮かべる。

はにかむような顔――見ているとより愛おしさを感じる。

(やっぱり好き。風花ちゃんが好き……大好き……愛してる)

刻まれる愛撫に悶えつつ、想いのままに風花の背中をより強く抱き締めた。それでも、好きだと直接口にすることはできない。

だから、その代わりに、自分からもキスをした。風花の口内に舌を挿し込んだりする。こんなキスをするくらい、自分は風花が好きなのだと訴えるように……。

すると風花も応えるように、より口付けを濃厚なものにして、更に秘部への愛撫を激しいものに変えてきた。達したばかりで敏感になっている肉花弁を上下に幾度も擦り上げて来る。同時にドレスの上から捏ねくりまわすように乳房を刺激したりもしてきた。

「はっふ……んふうう！　あっあっあっ……だっめ……風花ちゃん！　これ……ダメ！」

「何がダメなの？　気持ちいいんでしょ？」

「うん……凄く……凄く気持ちいい。でも……でも……これ……はぁぁ！　んぁあぁ！　気持ち……よすぎて……イク！　また私……イッちゃうの」

先程達したばかりとは思えない程、強烈な絶頂感が膨れ上がって来ていた。気持ちがいいけれど、こんな連続でイクなんて流石に恥ずかしい。だからもっとして欲しいという想いを隠して、ダメだと訴える。

「いいよ。イッて。渚……もう一度イクところを見せて」

しかし、風花は止まってなどくれなかった。それどころか更に強い快感を刻もうとするかのように、キスをするだけではなく、首筋を舐めたり、耳朶をハムッと甘噛みしたりもしてきた。その上で陰核を激しく転がしてくる。ドレス越しではあるけれど、乳頭部分をクリクリと指で押し込んだりしてくる。

「あああ……んんん！　風花ちゃん……あっあっ……風花ちゃん」

「渚……渚……渚っ」

感じつつ、互いに名を呼び合う。

風花の口から自分の名が出るたび、全身がゾクゾク震えた。心も身体も満たされていくような気分になる。嬉しい。愛しい——そんな感情に身悶えながら、風花に改めて自分から口付けした。

（イク……イクッ！　もう……ダメっ!!）

強烈な性感が爆発する。抗うことなどできはしない。

「んっんっんっ——んんんんんっ!!」

深く深く口付けしたまま、全身を激しくビクつかせる。思考まで吹き飛んでしまいそうなレベルの心地良さに身を震わせながら、ただひたすら強く強く、風花の身体を抱き締め続けるのだった。

「はっふ……んふううっ……」

やがて身体中から力が抜けていく。

「風花……ちゃん……」

「渚……」

うっとりとしながら風花を見つめる。そんな渚にもう一度、これで何度目になるかも分からないキスを、風花はしてくれるのだった。

（やっぱり好き。大好きだよ。この気持ち……伝えたい。でも、だけど……）

風花は本当のところ、自分をどう思ってくれているんだろう——それが分からないから何も言えない。昔みたいに風花を困らせたくないから。

好きだからこそ、好きと言えない渚なのだった。


「で、どうだった？」

行為を終え、制服に着替え、皺とか汚れがつかなかったことにホッとしながら衣装を元の場所に戻していると、風花が突然声をかけてきた。

「どうだったって……何が？」

「ん……何ってその、ドレスを着てみた感想」

「それは……」

一度言葉に詰まりつつ、改めてドレスへと視線を移す。

「イヤじゃなかったでしょ？」

重ねての風花の言葉。

確かにそうだ。イヤじゃなかった。それどころか寧ろ嬉しかった。だってずっと着てみたいって思ってたから。王子様の衣装よりずっと……。

(ドレス姿を風花ちゃんに褒めてもらった。それが凄く嬉しい)

風花が投げかけてくれた言葉を思い出すと、それだけで自然と口元には笑みが浮かぶ。

しかし——

「まぁ……普通だよ。普通」

素直な気持ちは隠し、いつも通りの凛とした表情で笑って見せた。

そうした渚の態度に風花は少しだけ何かを考えるような素振りを見せつつ「そっか」と静かに呟くのだった。

＊

「え？　日比野さんが出られない？」

文化祭前日、お姫様役の千景から連絡が入った。かなり体調が悪く、明日は行けそうにないという連絡が……。

それにクラスのみんなはパニックに陥ることとなってしまった。千景は主演の一人だ。その千景がいなければ、舞台は成立しない。

「でも……代役なんて……」

と、そこで、みんなは一度顔を見合わせると、風花へと視線を向けた。

「もしかして、草薙さんならできる？」

「それ、いいかも。だって草薙さんの脚本だし……それに、草薙さんならお姫様役だってぴったりで」

いい案だ！　とみんなが盛り上がる。

その上でクラスメート達は風花に対し、縋《すが》るような視線を向けた。

そんなみんなの想いに対し風花は少し考えるような素振りを見せると——

「こうなってしまったら仕方ないですね」

と頷いてくれた。

ワアアアッとみんなが盛り上がる。

だが、そんな風花が次に発した言葉を聞いた瞬間、みんなは驚いたような表情を浮かべ、固まることとなった。

「ただし、私がやるのは王子。姫は……渚にやってもらう」

第六章　愛してる

――どうして？　なんで風花ちゃんは私をお姫様役になんて⁉


「どういうこと？　なんで風花ちゃんが王子様で、私が……」

学校から帰った後、風花の部屋にて何故あんなことをいったのかと渚は理由を問う。

「なんでって……学校でも言ったでしょ。私は王子の台詞とかは覚えてるけど、姫の方が覚えてないって。だから……王子しかできないってさ」

確かにそうだ。

『ただし、私がやるのは王子。姫は……渚にやってもらう』

という言葉の後、そのようにみんなに対して風花は付け加えた。

「でもって、渚はいつも日比野さんと練習してたから、姫の台詞とかだって覚えてるでしょ？　だから、私の提案が劇を成功させる為には一番丸く収まるの」

もっともらしい言葉である。実際、クラスメート達は――

『……そう言われると、確かに。八雲さんの王子様と草薙さんのお姫様っていう最高の組み合わせを見られないのは残念だけど、そうするしかないかなぁ』

風花の言葉に納得していた。

しかし、渚はやはり納得できない。何故ならば知っているからだ。

「だけど……風花ちゃん、姫役だってできるよね？」

千景とだけじゃない。風花とも何度も読み合わせや演技の練習をしている。実際教室で身体を重ねるなんて行為をしてしまったあの日だって、風花は姫役を完璧にこなしてくれていた。そのことを尋ねる。ジッと風花を見つめて。

「……それは、確かにね」

少し考えるような素振りを見せた後、風花は素直に頷いてくれた。

「だったら風花ちゃんが姫役をやるべき！」

「……どうして？」

風花が首を傾げる。

「どうしてって……だって、私は元々王子役で、その為の練習をずっとしてきたわけで……。王子をやった方が絶対演技だって上手くできるし」

「それは確かにその通りだと私も思うかな」

「だったら！」

「でもさ……姫役……できないわけじゃないでしょ？　台詞とか覚えてるよね？」

「……それは……その」

言葉に詰まる。

実際風花が言った通り、渚は姫の台詞だってすべて頭に入っていた。一緒に演技をするシーンが多いからだ。いや、違う。一緒にいない場面だって実をいうと全部覚えている。何故ならば、やはり気になってしまったからだ。お姫様という役が……。

ただ、だからといって頷くわけにはいかない。ここは覚えていないと嘘をついてでも拒絶すべき場面だ。けれど「覚えてない」と答えることはできなかった。風花にこれ以上嘘はつきたくないからだ。ただでさえ、自分を偽っている。その上、更なる嘘なんて重ねたくはない。風花のことが本当に好きだから……。

だから風花の言葉にまともに反論することができなかった。

そうしたこちらの態度に、風花は嬉しそうな表情を浮かべる。

「渚って本当に嘘をつけないんだね」

「そんなこと……ない……」

嘘はついてる。大きな嘘を……。風花に見せている自分は本当の自分ではないのだから。

「ふふ……まぁ、そういうわけで、渚は姫役ができる。だから、私が王子で渚が姫でもなんの問題もない」

「問題はあるっ！」

少しだけ声を大きくした。風花は驚いたように目を丸くする。が、動揺は一瞬だ。すぐに元の静かな表情に戻ると「それってなに？」と尋ねてきた。

「なにって……だって……似合わないから」

「似合わない？」

意味が分からないといった様子で風花は首を傾げる。

「だからその……私が姫なんておかしいってことだよ」

「おかしい？　どうして？」

「どうしてって……だって、私は……全然女子らしくないから……。お姫様ってのはもっと女の子らしい子がやるべき役だよ。それこそ……風花ちゃんみたいな子が……。私みたいなのがやるべき役じゃない。絶対に似合わない」

元々自分は王子と呼ばれている。そう呼ばれるように頑張って来た。今更姫役なんてやれるわけがない。

「それに……みんなだって私が姫をやることを望んでなんかいない」

実際渚の王子が見られないのは残念だと言われてしまっている。みんなが望んでいるのは王子としての自分なのだ。

「なるほど……。うん、まぁ……確かにみんなの望みってのはあるかも知れないわね。みんなは渚の王子を見たがってるし、私の姫を見たがってる。それはそうね」

「だったら」

今からでも改めて役の交換を提案するべきだ。

「でも……渚に姫役が似合わないなんて私は思わない」

が、風花は渚の願いを受け入れてはくれない。それどころか真っ直ぐこちらを見つめながら、強い意志を感じさせる言葉を向けて来た。

「私は……渚こそ姫役をやるべきだと思ってる。だって凄く似合うと思うから」

「そんなこと……」

「そんなことなくないっ!!」

強い否定だった。部屋中に風花の声が響き渡る。その剣幕は、思わずビクッと身体を硬くしてしまうほどだった。

「似合わないなんてあり得ない。渚には姫役が凄く合ってる。私はそれを知ってる。ドレスを着た渚がどれだけ可愛いかってことを」

その言葉に昨日の出来事を改めて思い出す。ドレスを身に着けて風花に抱かれたことを……。

「それにさ……渚、自分で気付いてるんじゃない？」

「え？　何が？」

「何って……ドレスを着たこと、姫の衣装を着られたことを喜んでたってこと」

問いかけを重ねてくる。こちらから一切視線を逸らすことなく。

真っ直ぐな視線に何だか気圧されるようなものを感じてしまう。思わず瞳を逸らしたくなってしまうほどだ。しかし、どうしてだろう？　実際目を離すことはできなかった。渚も見つめてしまう。風花の目を……。それほどまでに、自分を見つめて来る風花の表情は真剣なものだった。

「嘘はつかないで本当のことを教えて。ドレス……嬉しかったでしょ？」

もう一度問うてくる。

「それは……」

言葉に詰まった。

否定すべきだ――と頭の中では思う。別に嬉しくなんてなかったとさえ答えれば、きっと風花は引いてくれるだろうという確信がある。そうすればこの問題は終わりだ。けれど、風花は言った。嘘はつかないでと。

つけない。風花に嘘なんて言えない。

しばらく悩みに悩んだ上で、やがて諦めたように無言で渚は頷いた。

「で、でも……それと姫役をするって言うのは違うよ」

その上で、絞り出すように告げる。

「みんなだってそれを望んでなんか――」

「そんなことはどうでもいい」

渚の言葉を風花が途中で遮ってきた。

「みんながどうとか、そんなことは関係ない。大事なのは渚の気持ち。みんなのことなんか一度忘れて、自分がどうしたいのかだけを教えて」

「自分がって……だから……それは私には姫なんか似合わないから……」

「似合う似合わないも関係ない！　あと、らしいとからしくないも！」

またしても否定されてしまう。

「教えてよ。渚がどうしたいのかを！」

知りたいのはそれだけ――と風花の表情が訴えて来ていた。

（私がどうしたいか……）

姫のドレスを身に着けた時のことを思い出す。子供の頃からお姫様みたいな格好をすることを夢見てきた。その夢を叶えることができた。その上、そんな自分を見て風花が可愛いとか綺麗だとか言ってくれた。あの時感じた喜びはきっと忘れることができないだろう。それくらい自分にとって嬉しい出来事だった。

できることならばもう一度あのドレスを身に着けてみたい。王子としてではなく、姫としてみんなの前に立ってみたい――なんてことも考えてしまう。それが素直な気持ちだ。だが、それを伝えていいのだろうか？　答えを口に出すことができない。ただただ沈黙することとなってしまう。

「答え……言えないの？」

黙り込んで数分――風花が口を開いた。

「それは……その……」

なんと言えばいいのかが分からない。

「大丈夫だよ。素直になっていいんだよ。ううん……素直になって。私は……私は知りたい。渚の想いを知りたいの」

「どうして……なんでそんなに？」

なぜそこまで自分のことを気にしてくれるんだろう？

「なんでって……だって、渚のことが大切だから。大切な幼馴染みで恋人で、それに

――」

一度風花は言葉を切る。少しだけ何かを悩むような表情を浮かべた。

その上で――

「……渚のことが好きだから」

なんて言葉を口にしてきた。

＊

渚を変えてしまったのは自分。だから、本当に渚が好きだと伝えるのは彼女が素直な、本当の姿を自分に見せてくれてから――そう思っていた。

でも、頑なに自身の気持ちを隠し続ける渚の姿に、それではダメだと思った。自分も素直にならなければ渚だって本当のことは教えてくれないだろう。だから――

「……渚のことが好きだから」

これまで隠し続けてきた想いを口にした。

その言葉に渚は驚いたように一度目を丸く見開く。

そんな彼女を改めて見つめつつ「好きな人のことは何でも知りたい。全部知りたい。だから教えて、本当の気持ちを」と尋ねた。

渚はしばらく黙り込む。

だが、やがて「そっか……」とポツリッと呟いた。口元が一瞬嬉しそうに緩む。その上で一度深呼吸をしたかと思うと――

「嬉しかった。ドレスを着ることができて嬉しかったよ」

これまで隠し続けてきた想いを口にしてくれた。

「可愛くて綺麗な服。ああいうの……ずっとずっと着たかったから。だから、着ることができて本当に嬉しかった」

自分の想いに渚が応えてくれている。風花にとって堪らなく幸せなことだった。やっと知ることができた。渚の本心を……。

「だったら……その気持ちに素直に従えばいい。嬉しいって気持ちのまま、姫役をやればいい。私が王子役で支えてあげるから」

これで問題は全部解決――と思ったのだけれど、渚は首を横に振った。

「でも、ダメ……」

「どうして？」

何がある。何故そこまで拒絶するの？

「だって……私は王子様でいないといけないから」

などというが、疑問に対する渚の答えだった。

「王子様でいないといけない？　なんで……どうしてよ？」

理解ができない。ドレスを着られて嬉しかったのに、なんで王子に固執するのだろう？

子供の頃と同じように、絶対渚は可愛らしいものが、綺麗なものが好きなはずなのに……。

「どうしてって……それは……昔のようなことにならないためだから……」

「昔のようなこと？」

「うん……風花ちゃんを悲しませちゃったあの頃みたいなこと……」

あの頃——幼い頃の記憶が蘇って来る。男子達に男女と言われてしまったあの日の想い出が……。

「あの時、私が弱かったから、責められる風花ちゃんを助けることができなかった。風花ちゃんを悲しませてしまった。風花ちゃんを……変えることになってしまった」

言葉と共に渚が自分を見つめて来る。

変わった——今の自分と昔の自分の違いのことだろう。

「だから私は強くならないといけないと思った。あの頃の風花ちゃんみたいに。だから、ドレスは着られない。お姫様役だってやれない。もし……もしやったら……きっと私は元に戻っちゃうから。そうなったら……また風花ちゃんを傷つけることになっちゃうかも知れないから」

　だから王子でいなければならない——それが渚の想い。

（私の為に……）

　胸が詰まった。

　同時に愛おしさが溢れ出す。自分をずっと想ってくれていた渚に対する気持ちが、どうしようもない程に膨れ上がって来る。

「……渚……ありがとう」

　そうした想いに後押しされるように、気がつけば風花は渚の身体を抱き締めていた。

「風花ちゃん……？」

「……渚の気持ち……凄く嬉しい。同じだった。渚も私と同じだったんだ」

「同じ？」

　言葉の意味が分からないといった様子で渚は首を傾げる。

　そんな幼馴染みに、愛しい自分の恋人に——

「私もね……渚を想ってこうなったの」

　微笑みながら囁くように伝えた。

「私を……想って?」

「あの時……私のせいで渚を傷つけちゃったと思ったから」

「え? 私が傷ついた? 酷いことを言われたのは風花ちゃんなのに?」

「うん……確かにそう。だから、そのせいで……渚に言わせることになっちゃった」

それに対して私は何も言い返すことができなかった。

大人しくてどちらかと言えば引っ込み思案だった渚に無理をさせることになってしまった。そのことが本当に申し訳なかった——そう伝える。

「だからね、私は変わろうと思ったの。再会した時、渚にまた辛い想いをさせないようにしようって。だからね、色々無理して女の子らしくなった。あの頃の渚みたいに……。空手とかをやめて、部屋も可愛い感じにして……」

まるでお姫様みたいな女の子に……。

「風花ちゃんも……私の為に?」

先程渚の告白を聞いた時の自分と同じような反応だった。

そうした姿に自然とクスクス笑いつつ「そう。渚の為……。私達、二人で同じこと考えてたんだよ」と伝えた。

「でも、だけど……そんなの必要ない。私なんかの為に風花ちゃんが変わる必要なんてない」

「それは……こっちの台詞でもあるんだけどね」

　ツンッと渚の鼻を指でつついた。

「渚だって変わる必要なんかなかった。私の為に無理をする必要なんかなかった。渚は渚のままでいてくれればそれでよかった」

「私のままで……」

　噛み締めるように渚は呟く。

　そんな彼女の細身の身体を、ギュッと風花は抱き締めた。

「私達……お互いのことを想い過ぎちゃってたみたいだね」

　フフッと耳元で囁いてみせる。

　その言葉に渚はしばらく驚いたような顔で固まり続けた後、やがてフニャリッと表情を柔らかくしてくれた。同時に風花の身体を抱き返してくると——

「確かに……そうかも」

　と微笑んだ。

「それで……どうする？　お姫様役……やってくれる？」

　そんな彼女にもう一度尋ねる。

問いに対して渚は一呼吸置いた後――

「……うん」

と頷いてくれた。

「……渚」

そんな彼女の答えに、胸が熱くなる。改めて好きだという想いを抱く。それを伝えるように渚の身体を強く抱き締めたまま「んんっ」とキスをした。

「んっふ……ふううぅっ」

口付けを受け入れてくれる。うっとりと瞳を閉じつつ、渚は全身から力を抜いた。

「ふっちゅ……んちゅっ……ふちゅうう」

口付けは一度だけじゃない。何度も口唇と口唇を重ね合わせる。当然舌も挿し込んだ。舌に舌を絡みつける。唾液を交換し合うような濃厚な口付けをした。

心地いい。キス、本当に気持ちがいい。ずっとずっと、永遠に口付けし続けていたい
――そうした想いに心が支配されていく。

だが、同時にキスだけでは足りないとも思ってしまう自分がいた。もっと感じたくなる。もっと渚を。渚の全部が欲しい――どうしようもない程に想いが膨れ上がっていく。

「ねぇ……渚」

それを伝えるように、一度唇を離した。

「風花ちゃん……して」

すると渚の方が、先に想いを訴えて来た。

「キスだけじゃ足りない。もっと風花ちゃんを感じたい……」

風花が考えていたことと同じことを渚も訴えてくる。

「うん……私も……渚が欲しいよ」

拒否なんかしない。素直に頷くと、渚の身体を抱き上げ、ベッドの上に押し倒した。その上で自分が身に着けていた制服と下着を脱ぎ捨てる。渚の前に生まれたままの姿を曝け出した。

次に渚が身に着けている制服に手をかけると、見たい、渚の綺麗な身体を——という想いのままにボタンの一つ一つを外していった。身に着けていた衣服を脱がせる。大好きな恋人を下着姿に変えた。

シンプルな黒を基調とした動きやすそうないつもの下着が視界に飛び込んで来る。

「今度……可愛い下着買いに行こうね」

ソッとブラを指でなぞりながら囁く。すると渚は「風花ちゃんがつけてるみたいな下着がいい……」と恥ずかしそうな表情を浮かべながらも、素直に教えてくれた。

「うん……。絶対渚に似合うのを私が選んであげるね」

頷きつつ、顔をブラへと寄せると、チュッチュッチュッと数度口付けした。その上で下着に手をかけ、これを剥ぎ取る。途端にそれ程大きくはないけれど、形がいい渚の乳房が露わになった。ツンと上向き加減の張りのある胸。

「やっぱり渚のおっぱいって綺麗だよね」

「え？　あ……ダメ。そんな恥ずかしいこと言わないで」

「でも……本当のことだから……んっちゅ」

今度は直接乳房にキスをする。

「あっ！　んひんっ」

途端に電流でも流されたかのような勢いで、渚がビクンッと身体を震わせた。

「ふふ、敏感な反応。チューされただけで感じちゃった？」

僅かだが白い肌も赤く染まり始める。

「……う、うん」

恥ずかしがりつつも、隠すことなく渚はコクンッと頷いてくれた。

「そっか……でも、このくらいで満足しないでね。もっともっと……渚を感じさせてあげるから。ほら……んっちゅ……ふちゅっ……ちゅっちゅっちゅっ……んちゅうっ」

性感を覚えていてくれている。それが嬉しい。だから、もっともっと感じさせたくなる。

柔らかな乳房に幾度もキスをした。柔肉に何度も唇を押しつける。乳輪や乳首にも繰り返し口付けする。いや、胸だけではない。引き締まったヘソの周りにも……。

そうした行為は口付けだけでは終わらない。より強い刺激を与えてあげる――とでも言うように舌を伸ばすと、ねっとりと渚の肢体を舐め回し始めたりもした。ツツッと柔肌を舌でなぞっていく。

「ああ……あんんっ……はっふ……んはぁああ……はぁ……はぁ……はぁ……」

愛撫に合わせてどんどん渚の吐息も荒いものに変わっていった。耳にしているだけで風花の興奮も煽り立てられる。

「渚……もっと……聞かせて……エッチな声」

より感じ、悶える姿を見たい。

想いのままに、今度は渚の脇へと顔を寄せると、ンチュッと脇下に口付けした。もちろんキスだけでは終わらない。ここも躊躇うことなく舐め始める。しかも、ただ舐めるだけではなく、スンスンと鼻を鳴らして匂いを嗅いだりもした。

「やっ……それ、ちょっと……流石に……恥ずかしい。そんなところの匂い……あっは……はふぁああ……んっんっんっ……嗅がないで……臭いから」

「臭くなんかないよ」

嘘なんかじゃない。

「凄く甘い香りがする。この匂い、嗅いでるだけですっごく興奮しちゃう」

正直な気持ちだ。

脇下を何度も舐める。唇を強く押しつけ、ジュルジュルと激しく啜り上げた。その上で渚の下半身に手を伸ばすと、これまでも幾度となくそうしてきたように、グチュリッと花弁に指を添えた。

そのままグチュッグチュッグチュッと襞の表面を濡らす愛液を搦め捕るように指を動かし始める。ヒダヒダを撫で上げたり、陰核を転がしたり、膣口周辺をなぞり上げたりと、愛撫に愛撫を重ねていった。

「それ……それ……んんんっ……風花ちゃん……それ……」

「いい？」

譫言《うわごと》のように「それ、それ」と繰り返す渚に囁くように尋ねる。すると渚は恥ずかしそうに顔を真っ赤に染めつつも、コクッと頷いてくれた。

「すごく……いい」

ただ頷くだけではなく、はっきり口でも快感を伝えてくれる。

「そっか……ふふ、それ、凄く嬉しい。なんか……もっと気持ちよくしてあげたくなる。だから……教えて、どうして欲しい？」

より強い快感を。その為に渚が何を求めているのかを尋ねる。

それに対し、恋人は一瞬何かを考えるような表情を浮かべた後、改めて恥ずかしそうに顔を真っ赤に染めたかと思うと——

「指……風花ちゃんの指……挿入《い》れて欲しい」

などと訴えて来た。

「私の中に風花ちゃんを感じたい。風花ちゃんともっともっと一つになりたい。だから……ね……お願い……挿入《い》れて」

瞳を潤ませながら、熱い吐息混じりの声で求めてくる。その顔は王子様のそれではない。淫靡に喘ぐ可愛らしいお姫様のそれだった。

ゾクゾクとしたものがわき上がって来る。この想いに答えたいと思う。

「うん……分かった。分かったよ」

抗いなどしない。頷くと共に、グチュリッと指先を渚の膣口に密着させた。だが、すぐに挿入は始めず、一旦止まる。

「風花……ちゃん？」

すぐに挿入《い》れられると思っていたのだろうか？　渚は不思議そうな表情を浮かべた。

そんな渚にフッと柔らかな笑みを向けると共に、彼女の手を取ると、自身の下半身――秘部へと導いた。

「一つになる……だったら、渚にも挿入《い》れて欲しい。私の奥まで指を……。繋がり合おう。一つになろう」

心も身体も渚と繋がり合いたい。

「……うん」

そうした想いに渚も気付いてくれる。求めに応じるように頷いてくれた。

「……渚」

「風花ちゃん」

互いの秘部に指を密着させた状態で名を呼び合う。渚の口から自分の名が発声されると、それだけで心の中に幸せが広がっていった。

そうした喜びを行動でも伝えるように――

「んっちゅ……」

「んんんっ……んふううう」

改めて口付けした。

同時に指を挿入する。じゅぷううっと渚の中へと……。それはただ指先だけを挿入《い》れるだけでは終わらない。奥へ奥へと挿入していく。

それは渚も同じだった。

（挿入《はい》ってくる。渚の指が私の奥に挿入《はい》ってくる）

膣道《ちつどう》が押し広げられていく。細い指の感触と、温かな渚の体温が膣中に直接伝わって来た。自分と渚が一つに繋がり合っていくような感覚が走る。それが堪らなく心地良かった。そうした快感を肉体でも訴えるように、挿入された指を膣壁《ちつへき》できつく締め上げる。

（渚の中も……同じだ）

風花の指も、渚の膣で締められた。指が潰されてしまうのではないかと思うほどにきつい。それでもより奥へ奥へと指を進めていく。やがて指先が膣中の何かに触れた。同時に渚の指も風花の中の何か――純潔の証に触れる。

「これ……渚の初めて……」

「これが……風花ちゃんの初めて……」

一度唇を離し、見つめ合った。

それ以上何も言わない。荒い吐息だけを室内に響き渡らせながら、二人で見つめ合う。

「好きよ……渚」

しばらくそうした後、改めて想いを口にする。

その言葉に渚はツツッと眦から涙を零すと——

「私も……私も好き。風花ちゃんが好き……愛してる」

という言葉を伝えてくれた。

「渚……好き！　渚！」

「大好き……風花ちゃん……大好きだよ」

こぼれる想いを抑えられない。改めて好きだと互いに口にしながらもう一度キスをすると共に、二人同時に指で純潔を破り合った。

「あっく……んくううう！」

「んっんっ……んんんんんっ」

鈍い痛みが走る。破瓜《はか》の血が溢れ出し、シーツを汚した。眉間に皺が寄る。身体を引き裂かれたかのような痛みは結構辛い。だが——

「これ……結構痛いね」

眦に涙を浮かべながら、渚が微笑みかけてくる。同じ痛みを感じているのだろう。

自分一人ではない。渚も一緒——そう考えると、痛みの辛さなんか消えていく。それどころかこの辛さにさえ、喜びを感じることができた。

歓喜を訴えるように微笑みを返しつつ、更に口付けする。それと共に膣中に挿し込んだ指を蠢かし始めた。ゆっくり、ゆっくり、丁寧に……。痛みを消すほどの快感を刻む為の愛撫を開始する。ゆったりとした動きで、蜜壺全体を撫で回した。

そうした風花の愛撫にシンクロするように、渚も抽挿を開始してくる。風花の中を優しくかき混ぜてくれる。

「あっは……んはぁああ……あっあっあっ……これ……スゴイ……渚……スゴイよ」

最初は痛かった。けれど、擦られれば擦られるほど、痛みはドンドン消えていき、代わりに甘く痺れるような愉悦としか言えない感覚が膨れ上がって来た。

「これ……はふう……どんどん痛みがなくなって……代わりに……んんんっ……気持ちいって感覚が大きくなってくる。身体中から力が抜けそうになる」

「それ……分かる。私も……あんん……私も……同じだよ。風花ちゃんと同じ。気持ちよくって溶けそうになっちゃう。あそこ……凄く熱くなってくる」

熱くなる――渚のその言葉通り、風花の秘部も熱を帯び始めていた。指の動きに合わせて刻まれる性感としか言えない感覚もどんどん膨れ上がっていく。身体中が溶けてしまいそうな程の性感だった。

「こんなの……私……すぐにイッちゃいそう」

愉悦に流されるように絶頂感を訴えた。

「わた……しも……んんん！　風花ちゃん……私もイク……。あそこをかき混ぜられるの凄くよくて……私……イッちゃう」

「それじゃあ……一緒……はぁっはぁっはぁっ……一緒にイこう……渚」

「うん！　うんっ！　イキたい！　風花ちゃんと一緒に！」

共に快楽の頂へ……。

想いのままに指をくねらせる。

「はっちゅ。ふちゅっ……んっちゅる。

「ふっちゅる……んちゅるぅ……んっんっんっんっ——はふんんん」

唇を重ね、口内をかき混ぜ合いながら、肌と肌を強く密着させた。溢れ出す汗と汗を混ぜ合わせる。二人の身体を溶け合わせようとする。膨れ上がる愉悦。二人の肌はどんどん熱く火照っていった。

「これ……もう……キスしながらあそこをなんて……気持ちよすぎて……風花ちゃん」

「うん……イこう！　渚！　渚！　渚っ!!」

濁流のように押し寄せてくる絶頂感に二人で身を任せる。それと共に挿入した指をグニュッと膣奥《ちつおく》を押し込んだ。

「あっは……イクッ！　あっあっあっ！　いい……イクッ！　風花ちゃん……私……イクイクっ！　イクの！　あああ……イッくぅうう！」

刹那、渚が絶頂に至る。挿入した風花の指をきつく締めつけながら、腰を浮かせ、全身を激しく痙攣させた。眉根に皺を寄せ、口は半開きにする。曝け出される表情は、愉悦に蕩けきったものだった。

だが、ただ快感に溺れるだけじゃない。風花にも性感を刻もうとするように、膣奥を指で刺激しつつ、陰核を掌で押し潰すように刺激してくる。

「わた……しも！　あっあっあっ――はぁあああああ」

その刺激が風花に対する止めとなった。

「一緒！　渚と……一緒！　あっは……んはぁあ！　あああ……いい……気持ち……いい」

恋人にシンクロするように風花も絶頂に至る。

「渚……はぁああ……渚……渚……渚ぁああ」

快感に比例するように増幅する愛おしさのままに、何度も愛する人の名を口にするのだった。

＊

「もっと……して欲しい」

一度達しただけでは満足できない。もっと風花を感じたい——その想いが募っていく。それを隠すことなく渚は告げた。

「私も同じ気持ち」

風花も頷いてくれる。

そのままもう一度口付けすると、今度は渚の方が風花を組みしくような体勢となった。自分がされるだけでは満足できない。自分からもしてあげたい。

そうした想いのままに、先程してもらったように今度は渚の方から風花の身体を愛撫し始める。丸みを帯びた乳房に口付けし、舌を伸ばし、柔らかく気持ちが良さそうな肢体を舐め回し始める。クチュクチュという淫靡な音色を響き渡らせた。

「はっふ……んふっ……あっあっあっ」

一度達したからだろうか？　風花の身体はかなり敏感になっているらしく、愛撫に合わせてすぐに嬌声を漏らし始める。鈴の音のような可愛らしい喘ぎ声。耳にしていると、それだけで渚の身体も熱く火照り始めた。下腹部がジンジンと疼く。そうした感覚に後押しされるみたいに、愛撫を濃厚なものに変えていく。

ただ舐めるだけではなく、時には手で胸を揉んだり、時には秘部を指でグチュグチュ擦り上げたりもした。その上で、風花の頭に自分の腰が、風花の腰に自分の顔が近づくような体勢を取ると、直接肉花弁に「ふっちゅ」と口付けをした。

「あっ……んひんんっ」

たった一度の口付け。けれど、十分心地良かったらしく、ビクビクッと激しく風花は肢体を震わせた。花弁からは女蜜がジュワアアッと溢れ出す。鼻腔をくすぐる甘い発情臭もより濃いものに変わっていった。

スンスンと鼻を鳴らしてその匂いを嗅ぎつつ、チュッチュッチュッと口付けの雨を降らせる。もちろんただキスを繰り返すだけではない。舌を伸ばし、レロレロあそこを舐め回したりもし始めた。

舌先に愛液が絡み付いてくる。少し塩気を含んだ生々しい味だ。風花の女を感じるとでも言うべきだろうか？　何だか舐めているだけでも興奮を覚えてしまう。自然と渚のあそこからも半透明の汁が溢れ出した。

（これ……弄って欲しい。私のあそこも……）

などと言うことも考えてしまう。

そうした欲望を伝えるように、フリフリとほとんど無意識の内に腰を振ったりもしてしまった。まるで風花を誘っているかのような動きである。

「渚……んちゅっ」

その求めに風花が応えてくれる。

「あっ！　あんんんっ」

ちゅっと花弁に口付けされた。口唇の感触が敏感部に伝わってくる。途端に一瞬視界が白く染まるほどの愉悦が走り、渚も嬌声を漏らすこととなってしまった。

「渚……渚……んっちゅ……ふちゅっ……ちゅっちゅっちゅっ……むちゅう！　んっちゅ……ふちゅる！　んちゅるるるぅ」

キスは一度だけでは終わらない。渚が見せる反応にどこか嬉しそうな表情を浮かべつつ、風花は更に花弁に対する口付けを行ってきた。何度も何度も何度も……。

それに、ただ口唇を押しつけてくるだけではない。渚もそうしているように舌を伸ばし、あそこをピチャピチャと舐め始めてくる。

幾重にも重なっているヒダヒダの一枚一枚を、どこまでも丁寧丁寧丁寧に、繰り返しなぞり上げてきた。

「それ……あああ……風花ちゃん……それ……いいっ！　あっあっあっ！　いいよ！　凄く……いいっ！」

愛撫の濃厚さに比例するように、愉悦が増幅していく。簡単に達してしまいそうなほどの昂りを覚えた。そうした愉悦に押し流されるかのように、自分から強く腰を風花の顔に押しつけたりもしてしまう。それを風花は嫌がったりなどしない。それどころか、更に舌の動きを淫靡なものに変えてくれた。

襞だけではない。陰核を舐めたり、膣口に差し込んだりもしてくる。

「はふうう！　すっごい！　これ……あそこ……ペロペロ……本当に……スゴイよ」

簡単に達してしまいそうな程の愉悦だった。

だが、わき上がってくる絶頂感に渚は必死に抗う。膨れ上がって来る愉悦をなんとか抑え込んだ。自分だけ達するわけにはいかないからだ。

イク時は風花と一緒がいい。自分が感じているような快感を風花にも感じて欲しい。

「んちゅう……むっちゅ……んちゅっろ……ふちゅろ……んっんっんっ」

想いを伝えるように、渚も改めて秘部に対して愛撫を刻む。膣口周辺を舌先でなぞりつつ、クリトリスを咥えるとちゅるちゅる啜った。更には舌だけではなく指も使う。ズプッと風花の蜜壺に細指を挿入すると、ジュボッジュボッジュボッと前後に抽挿させたりもした。膣壁を撫で回す。

「んひん！　それ！　渚……それ！　いいっ！　いいよ。本当にいい！　こんな……こんなの……よくて……よすぎて……簡単に……渚……私……簡単に……。あっあっあっ！　イクッ！　イッちゃう……。こんなの……耐えられない」

イク——その言葉を証明するかのように、溢れ出す粘液が粘り気を帯び始める。挿入した指への締めつけもきついものに変わった。

「いいよ……イッて」

イかせたい。自分の手で風花を……。

「ダメ……渚も……渚も一緒じゃないとダメ」

しかし、風花は絶頂感に抗う。渚もそう思っていたように、風花も一緒がいいらしい。

そうした想いを言葉だけではなく行動でも伝えてくる。

「イッて……渚も気持ちよくなって。感じて……」

渚がそうしているように、風花も愛撫に指を使ってきた。

膣口や膣中を舌で舐めながら、指でクリトリスを擦ってくる。転がすように刺激したり、扱くように擦り上げたりしてきた。

「あっ！　それ……それっ！　んんん！　感じる！　風花ちゃん……凄く感じる！」

途端に快感が肥大化する。愉悦の上に愉悦が刻まれるような感覚というべきだろうか？

ただでさえ昂りに昂っている肉体には、あまりにも強すぎる愉悦だった。

「はぁあ……こんなの……イクっ！　風花ちゃん……私も……イクよ！　イッちゃう！

逆らえない。こんな感覚！」

「逆らわなくていい。私も……私もイクから……だから……一緒に」

互いの秘部に頭を埋《うず》めながら、二人揃って絶頂に向かって行く。

わき上がる絶頂感に後押しされるように、強く秘部に口唇を押しつけると「じゅずるるる」という下品ささえ感じさせる音色が響いてしまうことも厭わず、激しくあそこを啜った。

「あっ！　い……イクっ！　渚……私……イクっ！」

それに合わせ、風花が絶頂に至る。

「あっあっあっ――はぁあああぁ」

肉悦に塗れた大好きな人の嬌声が部屋中に響き渡った。

「私も……風花ちゃん……私もイクっ！　一緒……一緒に……イクよ！　イクイクっ！　あっあっあっ――イクぅううっ!!」

大好きな人の声に、絶頂姿に、渚の我慢も限界を迎える。快感が弾けた。視界が真っ白に染まる。そのまま愉悦に押し流されるように、渚も達した。

「あはぁあぁ……んっふ……くふううっ」

プシュッと愛液を飛び散らせながら、全身をヒクヒク震わせる。身体中が蕩けてしまいそうな程の快感に、幸福感を覚えながらただただ溺れた。

「本当に……はぁ……はぁ……はぁ……気持ち……いい」

身体中が強烈な脱力感に包み込まれる。このまま快感の中に沈み込みたい——そんなことを考える。けれど、抱く感情はそれだけではなかった。いや、寧ろそれ以上に……。

「風花ちゃん……もっと……。まだ足りない」

更に風花を感じたいという想いが強くなっていく。大好きな人に愛して欲しい。それが素直な気持ちだった。

「うん……私も同じ」

求めに風花も応えてくれる。

その上で風花は脚を左右に開いて見せて来ると——

「ここに……キスして……渚のあそこで」

ストレートに欲望を口にしてきた。

「……うん」

頷くと共に、秘部から顔を離す。開かれた風花の秘部に、自分の秘部を近づけていった。

そのまま貝と貝を重ね合わせる。グチュッと媚肉同士が口付けした。

「はっ……んっ」

「あっあっ……はぁあああ……」

媚肉と媚肉が密着する。熱い体温が伝わってくる。その感触だけでも思考が蕩けそうな程に心地いい。花弁同士の口付けだけでも達しそうな程の昂りを覚えてしまう。だが、わき上がってくる絶頂感を渚は抑え込んだ。

まだイカない。この程度で達するなんてもったいない。イク時は、もっともっと風花と一緒に気持ちよくなってからがいいから……。

想いのままに腰を振り始める。ただ口付けするだけでは満足できないとでもいうように、秘部で秘部を擦り上げた。

渚のそうした動きに合わせるように、風花も淫らに腰をくねらせてくれる。どちらの秘部も愛液塗れになっているお陰か、動きはとてもスムーズなものだった。グラインドに合わせてグッチュグッチュグッチュという卑猥な水音が響き渡る。

「あっあっあっ……いい……これも……やっぱり気持ちいい」

「渚のあそこで私のあそこが……んんん……擦られてる。感じる……凄く感じる。また……はふうう……またすぐにでもイッちゃいそうなくらい……私……気持ちよくなってるよ」

「私も……はぁっはぁっはぁっ……風花ちゃん……私もまた……すぐ……イキそうだよ」

隠すことなく快感を伝え合う。

「いいよ……イこう……渚」

言葉と共に風花がこちらの手を取ってきた。応えるように渚からも風花の手をギュッと握る。指と指を重ね合わせた。その上で二人揃って上半身を起こす。あそことあそこを繋ぎ合わせたまま、顔と顔を見合わせた。

「はっちゅ……んちゅう」

「んっんっんっ……ふちゅうう」

そのままどちらからともなくキスをする。もちろん口唇同士を重ねるだけではない。互いの口腔に舌を挿し込み合った。舌に舌を絡め、くねらせ合う。頬を窄め、激しく唾液を吸いあった。

もちろん、その間も腰を振り続ける。

私を感じて欲しい。貴女を感じさせて欲しい——そうした願いを伝え合うように、より強く腰を押しつけ、より淫らに秘部を振り合った。

(私の全部が風花ちゃんと繋がってるみたい)

自分のすべてが風花で満たされていくような気がする。それが堪らなく幸せだ。

「風花ちゃん……好き……本当に好き……」

幸福感に後押しされるように改めて気持ちを伝える。

(もう……隠すことなんかできない。隠す必要だってない)

風花が本当に自分を好きなのかが分からなかった。だから、気持ちを伝えたら迷惑をかけてしまうのではないかと思っていた。だから隠してきた。自分の気持ちを……。しかし、もうその必要はない。だって風花が言ってくれたから。自分のことが好きだと。

だから隠さない。素直に好きだと口にする。

「愛してる」

心からの想いを伝える。

「渚……私も……同じ……。同じだよ。ずっとずっと昔から渚のことが……好き。好き……好き……好き……好き」

繰り返し好きだと伝えてくる。

言葉のたびにチュッチュッチュッチュッという口付けをしてくることも忘れずに……。

それが本当に心地良かった。ただでさえ感じていた愉悦がより増幅していく。抑えることなんてできそうにないほどに愉悦が膨れ上がって来る。

「もう……イク！　風花ちゃん……私……また……イク……。もう我慢なんて無理。だから……だから……んんんっ」

「分かってる。一緒に……はぁああ……また一緒にイこう……渚」

はっきり言葉にせずとも風花は渚の願いに気付いてくれた。

「んちゅっ！　ふちゅっ……んちゅぅう」

より深い口付けをしてくる。より強く腰を押しつけてくる。

密着する身体と身体。乳房と乳房が重なり合う。汗と汗が混ざり合っていく。

「一緒……あああ……一緒ォお」

愛おしさと幸福感に自分のすべてが包み込まれていく。

そして——

「あああ……あっは……んはぁあああ」

「渚……あっあっあっ……なぎ……さぁあああ……あんん！　んんんん！」

二人はまたしても同時に達するのだった。

身体中が絶頂後の脱力感に包み込まれていく。強烈な幸福感と愛おしさに渚は満たされていた。いや、渚だけじゃない。風花も……。

そうした想いを伝え合うように互いの身体を抱き締めたまま、二人揃ってベッドにドサッと身体を倒す。

「もう……ダメ……力が入らない」

クスクスと風花が笑った。

「私も……」

同じように渚も微笑む。

互いに見つめ合いながら、しばらくベッドの上で笑い合った。

そして――

「んっ……」

「んふううう」

やがて、どちらからともなく、またしてもキスをするのだった。

＊

「大丈夫かな？」

「やっぱり配役逆の方がよかったかな？」

文化祭当日――クラス委員の町山幸子の顔に浮かぶ表情は不安げなものだった。いや、幸子だけじゃない。クラスメートの美樹も同じような表情を浮かべている。急遽決まった劇の配役に対する不安だった。

渚と風花――二人は間違いなく、いい演技をしてくれるだろう。その点に関しては信頼している。しかし、問題は配役だ。姫役が渚で、王子役が風花――逆としか思えない。多分学校中の生徒達がそう思うことだろう。

（違和感があると話に没入できないからなぁ）

観客を集中させることができなければ劇は失敗だ。折角の文化祭だし、みんなで今日まで頑張って来た。だからこそ、成功させたい。

(やっぱり今からでも配役を逆にした方が)

なんてことまで考えてしまう自分がいた。

そんな時、ガラッと教室のドアが開いた。衣装を身に着けた渚と風花が入ってくる。

「――へ？」

その二人を見た瞬間、幸子の頭の中は真っ白になった。思わずポカンと口を開き、間の抜けた声を漏らしてしまう。

「すっご」

同じように美樹も立ち尽くした。

他のクラスメート達も同様だ。

みんなで呆然とし、入ってきた二人を見つめる。

呆然とした理由は単純だ。

「綺麗……」

「かっこいい」

衣装を身に着けた二人があまりに美しかったからだ。

王子の服を身に着けた風花――普段は下ろしている髪を後頭部でまとめている。浮かぶ表情は普段の優しげなものとは違い、キリッと引き締まったものだった。ピッタリと衣装が身体にフィットしているので、豊かな胸元などの女らしい身体付きが強調されている。けれど、どうしてだろう？　そうした女らしい身体付きさえも、王子らしさを強調しているようなものに見えた。

そんな風花の横にはドレスを身に着けた渚が立っている。

学園の王子様としてみんなに慕われ続けて来た渚。いつも凛とした表情で、本当に王子にしか見えない渚。しかし、そんないつもの姿からは想像もできない程、ピンクを基調としたドレスを身に着けた渚の姿は儚げで、可憐で、美しいものだった。

風花に手を引かれる渚の姿は本当に物語から飛び出してきたお姫様のようで――いつもとは違う意味で見惚れてしまう。

どう反応していいか分からず、ぼんやりとしてしまう。

すると渚は「や……やっぱり変かな？」と恥ずかしそうに頬を赤く染めた。

慌てて「変じゃない」と答えようとする。

けれど、そんな幸子よりも早く――

「変じゃない。変なわけない。今の渚……とっても可愛いよ」

風花が何の躊躇いもなく、渚に対して囁きかけた。

「そう……ふふ、風花ちゃんにそう言ってもらえると……凄く嬉しい」

途端に渚は幸せそうな笑みを浮かべる。

(う……うわぁぁあああ)

その光景に見ている幸子の頬まで赤く染まった。

二人が付き合っていることは周知の事実である。この学校で二人の関係を知らない人間はいない。けれど、校内にいる二人の関係は、いつも王子様である渚が風花をリードしているものだった。それが今は真逆である。

だというのに、凄くしっくりくる気がした。とても自然と言うべきだろうか？　王子様であったはずの渚が、本物のお姫様に見えるし、風花は王子様にしか見えない。そうした二人の姿を目の前にしているだけで、何だかドキドキと心臓が高鳴っていくのを感じた。

それと同時に思う——

(これ……いける)

チラッと隣の美樹へと視線を向けると、彼女も同じことを思ったのか、コクッと自信に充ち満ちた表情で頷いてくれるのだった。

そして劇が始まる。

学校中の生徒達が集まった体育館のステージに、渚と風花が上がった。

瞬間「きゃあああああ」という悲鳴が上がる。二人を見るみんなの表情は、先程教室内で幸子が見せたものと何も変わらないものだった。

そうした生徒達の反応に若干恥ずかしそうな表情を浮かべつつ、二人は演技を始める。

魔女の力で眠りに落ちてしまったお姫様。それを助けにやってくる王子様——みんながよく知っているストーリーが展開される。よくあるお伽噺。知り尽くした話。けれど、みんな飽きることなく舞台に集中していた。主演二人に見入っていた。

やがて、そのシーンがやってくる。

眠りについた姫のもとに王子が辿り着くシーンだ。

王子が姫にキスをし、姫が目覚める場面。

(これ……見てる方が緊張する)

舞台袖で二人の演技を固唾《かたず》を呑んで見つめる。

「……姫」

王子姿の風花が眠る渚に囁きかけた。

そのままゆっくりと渚の唇に風花が唇を寄せていく。脚本段階ではキスのフリをするだけの場面だ。そう、あくまでもしたフリ——だけのはずだったのだけれど、

「んっ」

風花は躊躇うことなく渚の唇にキスをした。

途端に再びこの光景を見ていた観客達から悲鳴が上がる。

同時に――

「ふ……風花ちゃんっ⁉」

慌てた様子で渚がガバッと起き上がった。まさか本当にキスをされるとは思ってもいなかったのだろう。演技さえ忘れ「な……ななな……今、何を……」と動揺を思いっきり露わにする。

するとそんな渚に対し、風花は「ふふっ」と笑みを浮かべて見せた。まさに王子様が浮かべるみたいな素敵な笑みだ。

そんな笑顔で風花は言う。

「もちろん……キスだよ」

――と。

その上で「大好きだよ私のお姫様」なんて歯が浮くような台詞を口にしたかと思うと、みんなの前であろうが構うことなく渚の身体を抱き締め――

「んっ」

もう一度キスをした。

再びの口付けにまたしても生徒達が黄色い悲鳴をあげる。

口付けされた渚はというと、本当に驚いたような様子で目をまん丸に見開いて固まっていた。まさかもう一度とは思ってもいなかったのだろう。

「嫌だった？」

そんな渚に風花は一度唇を離して尋ねた。

問いかけに対し渚はしばらく呆然とし続けた後、やがて恥ずかしそうに頬を赤く染めたかと思うと――

「嫌なわけ……ないよ」

と、聞いている方が恥ずかしくなるような言葉を口にする。

「だったら……もっとみんなにサービスしてあげないとね」

渚の答えに満足したような表情でパチッと風花はウィンクしたかと思うと、改めてもう一度キスをした。

都合三回目の口付け。これまでと同じように二人の唇が重なり合う。でも、今回は今までとは違い、渚もそれを受け入れる。瞳を閉じながら、自分を抱き締める風花を抱き返すのだった。

とても綺麗で美しく、まるで本物の王子と姫が口付けをしているかのような光景。お伽噺の中のワンシーンがそのまま再現されているかのよう。

そうした二人の姿に、ただただ幸子も、学校中のみんなも、呆然と見惚れるのだった。

＊

劇が終わった。

文化祭も……。

後夜祭――グラウンドに用意されたキャンプファイアーが燃えている。それを風花は一人見つめていた。

「お待たせ」

声がかけられる。

振り返ると渚が立っていた。

「待たせすぎ……一人で結構寂しかったんだけど」

フフッと渚に笑いかける。

それに対し、渚は「ごめんね」と笑顔で謝ってきた。

「ダメ。許さない。罰として……またキスしてもらうから」

渚を見ていると愛おしさが溢れ出す。抱き締めて口付けしたくなる。そうした感情を隠したりなんかしない。想いのままに渚を抱き締めようとする。

もう気持ちを隠したりなんかしない。だって、好きだっていう気持ちを伝え合って、二人は本当の恋人になったのだから……。

だから遠慮なんかしないのだ。みんなの前であろうが我慢なんて絶対しない。想いのままに渚を抱き締め、愛おしさのままにキスをするのだ。

「待って」

けれど、抱く直前で止められてしまう。

「なに？」

一体どうしたんだろう？

早くキスしたいのに——という想いを必死に抑え込みつつ、首を傾げて問う。

するとそんな風花に対し、渚は意を決したような様子で一度大きく息を吸うと——

「……一度別れよう」

などという言葉を口にしてくるのだった。

「——へ？」

その言葉はまさに青天の霹靂《へきれき》であり、完全に風花の思考は止まってしまった。

終章　ずっと一緒

　――好きだから。愛しているから。


「えっと……今、別れるって言った？」

　呆然としてしまう。言葉の意味がまるで理解できなかった。だってそんなこと考えもしていなかったから。

　なんでこのタイミングで渚は別れるなんて口にしたのだろう？　気持ちは通じ合ったのではなかったのか？　二人共お互いのことが好きなんじゃ？

　理解できない。けれど、渚が口にした「別れよう」という言葉は混乱したところで消えてはくれない。現実なのだ。

（別れる？　渚と？　そんなの……そんなこと……）

　考えるだけで何だか悲しくなってきてしまう。涙がこぼれそうになってしまう。別れるなんて絶対嫌だ――それが風花の率直な想いだった。

「嫌よ。そんなの絶対嫌！」

隠すことなく想いを伝える。

「だって……私、渚のことが好きだから。愛してるから！　だから別れたくなんてない！　渚だってそうじゃないの？　それとも……私のことが嫌いになっちゃった？」

渚に嫌われるなんて考えるだけで死にたくなる。

「嫌いになんてなってない。そんなことあり得ないから」

問いかけに渚はそう答えを返してきた。

「だったら……どうして？」

なんで別れるなんて？

「それは……やり直したいから」

「やり直したい？」

意味が分からない言葉に、思わず首を傾げる。

すると渚は少し恥ずかしそうな表情を浮かべると「私達が最初に付き合うことになったのって、風花がその……責任を取るって理由だったでしょ」などと口にしてきた。

「それは……まぁ……そうね」

キスをしたら我慢ができなくなって渚を押し倒してしまった。そのまま身体を重ねてしまった。その責任を取る——というのが切っ掛けだ。間違いない。

「それが嫌なの。責任とかって理由で付き合うのが……。だから……だからね」

そこで一度言葉を切ると、渚は風花の前に跪いた。それと共に右手を差し出し、どこか潤んだ瞳でこちらを見つめて来ると――

「改めて私と付き合って欲しい。私……風花ちゃんのことが大好きだから。愛してるから。だから……だからね……私の本当の恋人になって欲しい」

想いを伝えてくる。風花の瞳を真っ直ぐ見つめながら……。

＊

好きだという想いは既に伝えてある。それでも、満足できない。もっともっと深く互いを思い合える恋人同士になりたい。

だから、渚は改めて風花に想いを伝えることにしたのだ。

(でも、少し申し訳ない)

別れるなんて言葉を使ってしまったせいで、少しだけれど風花を傷つけてしまった。そのことは反省点だ。でも、大丈夫。その程度のことで風花は自分を嫌ったりなんかしない。渚にはそんな自信があった。

それだけ、風花が自分を好きだと思ってくれていることを知っているから。

だから恐れなんてない。自信と愛情に充ち満ちた表情で、渚は風花を見つめ続けた。

渚の顔――本当に真剣な表情だ。その顔を見るだけで伝わってくる。どれだけ渚が自分のことを愛してくれているかということが……。

＊

「なにそれ……」

感極まってしまう。胸が詰まるようなときめきを感じながら、思わずポツッと呟いた。

「なんかそれ……本物の王子様みたいなんだけど」

「ううん……違う」

渚は首を横に振った。

「王子様なんてどこにもいない。私は私……。風花ちゃんが大好きなだけだよ」

王子様とかお姫様とか、そんなこと関係ない。好き。好きだから……。

「確かに……そうね」

ふふっと自然と風花も口元に微笑みを浮かべると、差し出された渚の右手を取った。

「私も渚が好き。大好き。だから……私の方からもお願いするわ」

渚だけに告白なんかさせない。だって自分だって渚のことが大好きなのだから。

「私と付き合って下さい。恋人になって下さい。好きだから。愛してるから。だから……お願いします」

互いを見つめ合う。

こちらのそんな言葉にゆっくりと渚が立ち上がった。そのままどちらからともなくお互いを抱き締めると――

「んっ……」

「んんんっ」

唇と唇を重ね合わせた。

「「これが……答えだよ」」

そっと口唇を離し、二人で同じ言葉を口にする。

完全にシンクロしたタイミングに、思わず二人揃って笑い合った。

＊

(うちの学校にはバカップルがいる。王子様とお姫様みたいに格好良くて可愛らしくて、綺麗なバカップルが……)

朝――町山幸子はいつもの通りの時間に、いつも通りに学校に向かって歩いていた。

朝の始まりは、正直少し眠い。欠伸《あくび》なんかしながら(英語の授業で先生に当てられませんように！)なんてくだらないことを考える。

「町山さん……おはよう」

そんな時、声をかけられた。とても綺麗な鈴の音のような声を……。

耳にするだけで何だか心の中まで温かくなるような爽やかなものを感じつつ、幸子は振り返る。するとそこには肩の辺りで切り揃えたショートヘアーのまるで王子様みたいな女子と、背中まで届くほど長いストレートヘアーがとても綺麗なお姫様みたいな女子がいた。

二人共クラスメート。

「あ、おはよう」

並んで立つ二人の美しさに思わずクラクラしつつ、挨拶を返す。

「二人共……今日もホント仲良しだね」

二人は腕を組んでいた。ピッタリと身体もくっついている。周りには沢山登校中の生徒達の姿があるけれど、まるで気にしてはいない様子だ。何となくそれを伝える。

「まぁね」

すると本当に自信と愛情に充ち満ちた様子で、フフッとショートヘアーの王子様みたいな女子——草薙風花が頷いた。

「私は渚のことが大好きだから。少しでも離れていたくはないの」

恥ずかしげもなくそんな言葉を口にする。

そうした風花の様子に、隣に立つロングストレートヘアーの渚が、ボッという音が鳴りそうな程の勢いで顔を真っ赤に染めた。

「ま……また！　風花はそういう恥ずかしいことをすぐ口にする！」

「だって本当のことだから。私はね……もう、気持ちを隠すってことはやめたの。色々面倒臭いことになるだけだし。だから……渚が好きって気持ちは絶対に隠さない。みんなに教えてあげるんだから」

などと口にしつつ、風花は本当に愛おしそうに渚を見つめる。

「渚だって私のこと……大好きでしょ？」

「それは……その……」

渚は恥ずかしそうに頬を赤らめると、一度気にするようにこちらへと視線を向けてきた。見られている前では恥ずかしい――というような表情を一瞬浮かべる。けれど、それは本当に一瞬だった。

「う……うん。好き……大好き」

コクッと小さく頷く。

（やっぱ……やばい！　これ……ヤバいっ！）

そうした仕草を見た瞬間、幸子の心臓は跳ね上がりそうな程に鼓動した。

（か……可愛すぎでしょ八雲さん）

同性の目から見ても、なんというか、思わず抱き締めたくなるような可憐さである。

「渚……好きっ!!」

それが余程嬉しかったのか、風花は躊躇うことなくギュッと渚の身体を抱き締めた。そんな恋人に応えるように、渚も風花を抱き締める。

(なんか……華が見える)

抱き合う二人の背景に、色とりどりの綺麗な花が咲き誇っているような幻覚を幸子は見た。なんというか、呆然と立ち尽くしてしまう。

それは幸子だけじゃない。登校中だった他の生徒達も、足を止めて完全に固まっていた。向けられる視線に二人は気付いているのかいないのか？　みんなの前でもまるで躊躇することなく――

「んんんっ」

「……んっんんっんっ」

キスまでする。

はっきりいう。朝からとんでもない光景だ。

でも、なんていうか、嫌味みたいなものはまったくない。それどころか、凄くいいものを見られたという気分になる。それ程までに二人の口付けは美しかった。

「ふふ……好きよ渚」

短いキスを終えた風花が、改めて渚に微笑みかける。

その笑みに渚も頬を赤く染めながら「私も好き」と頷いた。

「ずっとずっと……一緒だよ」

「そうね」

ずっと一緒――本当に幸せそうだ。

そのまま二人は改めて腕を組むと――

「それじゃあ町山さん……先に行くね」

二人揃って学校に向かって歩いて行くのだった。

そんな二人の後ろ姿を見つめながら――

「ホント、最高のバカップル……」

呆然と幸子は呟く。

それに周囲のみんながコクッコクッと無言で頷くのだった。

二次元ドリーム文庫 第413弾

百合保健室

失恋少女の癒やし方

女の子が大好きな保健の先生である珠里は、失恋に悲しむ文乃を生徒と知らず身体で慰めてしまう。それから文乃は学校内でも甘えてくるようになり、立場上困る珠里だがまんざらでもなく……？　秘密と不安定な生徒を守るための百合Ｈは、やがて本当の恋心を目覚めさせてゆく。

小説●あらおし悠　挿絵●きさらぎゆり

二次元ドリーム文庫 第410弾

蒼百合館の夜明け

親の抑圧から逃れたくて塾を抜け出した詩月は、幽霊が出るとウワサの廃洋館で、嫣然としたお姉さん——光紗と出会う。独りぼっちの光紗と、自分の将来に悩む詩月。二人は互いの孤独と懊悩を分かち合い、惹かれ合っていく。しかし、光紗の過去には重大な秘密があり……。

小説●**人間無骨**　挿絵●**ネコサン**

二次元ドリーム文庫 第394弾

百合嫁バトルっ！
～許嫁と親友と時々メイド～

同性婚が認められた現代。女子校生の透は突然やってきた許嫁の詩乃と、親友の玲奈から告白をされる。やや愛の重い二人のＨなアプローチに困惑する透だが、根底にある純粋な想いに心が揺れ始める。だが透への愛が暴走気味の二人は、Ｈをさらに過激化させ……!?

小説●あらおし悠　挿絵●相川たつき

二次元ドリーム文庫 第391弾

奴隷の私と王女様
～異世界で芽吹く百合の花～

平凡な女子校生の水城愛は、ある日異世界に迷い込んでしまう。不審人物として城に連行された愛は、王族への不敬罪で王女レインの専属奴隷になることに。冷たい態度をとるレインにもめげずに奴隷として仕える愛だったが、ある晩レインから夜伽を命じられたことで二人の関係は急転していき——。

小説●上田ながの　挿絵●ここあ

二次元ドリーム文庫 第389弾

百合エルフと呪われた姫

故郷を飛び出し人間の町へやってきたハーフエルフの少女レムは、呪いにかけられた王女アルフェレスと出会う。お互いの境遇や弱さを知り惹かれ合った二人は、呪いを解く旅へ出ることに！　険しくも淫らな冒険の中で、少女たちは呪いの真実と自らの秘密を知ってゆく……。

小説●あらおし悠　挿絵●うなっち

二次元ドリーム文庫 第379弾

百合風の香る島

由佳先生と巫女少女

新任教師の由佳が訪れた女子だけの学園がある南方の離島、そこは女性同士が開放的に愛し合うという驚きの環境だった。由佳も生徒である美沙希に可愛がられ心を乱されていくも、彼女の心の深くを知っていくにつれ、支えてあげたい想いが膨らんでくる……。

小説●あらおし悠　挿絵●神崎詩音

キルタイムコミュニケーションが運営する電子書籍サイト「デジタルブレイク」はこんなに魅力的!

①オリジナルコンテンツ配信!

ここでしか手にはいらない小説、コミックスを配信!

ダークエルフ姫騎士と愛テム創作師
魔法の性具でデレ堕ち受精
小説：ナる力く　挿絵：剛田ナギ

マジカルデュオ
ふたなり快楽に堕ちた魔法少女
小説：黒井鵜　挿絵：シビレヒツジ

魔法少女 機械仕掛けの連続絶頂
漫画：天道まさえ

②どのサイトよりいち早く配信!

KTC作品をどのサイトよりも最速で配信!(一部商品を除きます)

③割引キャンペーン毎日開催!

ほぼ毎日、お買い得なキャンペーンやっています!

④ポイントで限定グッズプレゼント!

購入するとポイントが配布されるぞ。そのポイントで
限定商品や、テレカなどプレミアグッズを手にいれよう!

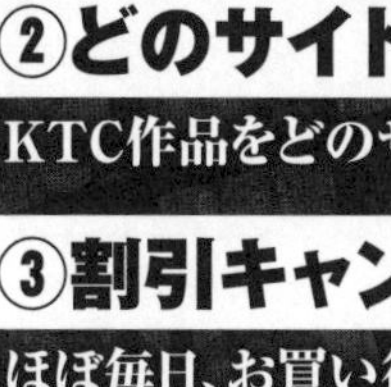

プレミアテレカ!

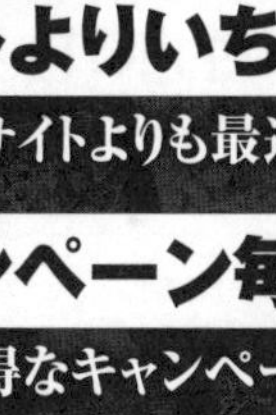

書き下ろし小説!

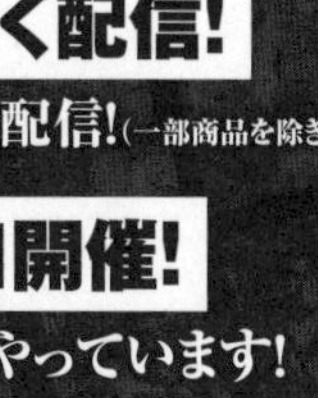

描き下ろし漫画!

読者還元型デジタルコミックサイト
KilltimeDigitalBreak
キルタイムデジタルブレイク

KTC 運営 キルタイムコミュニケーション　〒104-0041 東京都中央区新富1-3-7 ヨドコウビル
TEL:03-3551-6167(通販) FAX:03-3297-0180

PC・スマートフォン対応

最新情報はオフィシャルサイトへ　キルタイムデジタルブレイク　検索

http://ktcom.jp/shop/

本作品のご意見、ご感想をお待ちしております

本作品のご意見、ご感想、読んでみたいお話、シチュエーションなど
どしどしお書きください！　読者の皆様の声を参考にさせていただきたいと思います。
手紙・ハガキの場合は裏面に作品タイトルを明記の上、お寄せください。

◎アンケートフォーム◎　**http://ktcom.jp/goiken/**

◎手紙・ハガキの宛先◎
〒104-0041 東京都中央区新富 1-3-7 ヨドコウビル
(株)キルタイムコミュニケーション　二次元ドリーム文庫感想係

百合 ACT
～王子様なお姫様、お姫様な王子様～

2020年10月3日　初版発行

【著者】
上田ながの

【発行人】
岡田英健

【編集】
餘吾築

【装丁】
マイクロハウス

【印刷所】
株式会社廣済堂

【発行】
株式会社キルタイムコミュニケーション
〒104-0041　東京都中央区新富1-3-7ヨドコウビル
編集部　TEL03-3551-6147 ／ FAX03-3551-6146
販売部　TEL03-3555-3431 ／ FAX03-3551-1208

禁無断転載 ISBN978-4-7992-1404-6　C0193